悪役令嬢は隣国の王太子に溺愛される12

ぷにちゃん

B's-LOG BUNKO
ビーズログ文庫

イラスト／成瀬あけの

Table of Contents

リオ／ルカ
黄金の瞳を持つ双子の王子。
続編メイン攻略対象
アクアスティード・マリンフォレスト
留学中、ティアラを見初めた隣国マリンフォレストの国王。
悪役令嬢
ティアラローズ・ラピス・マリンフォレスト
アクアスティードに溺愛されている、元・ラピスラズリ王国のラピス侯爵家令嬢。
悪役令嬢は隣国の王太子に溺愛される
12
Characters

ダレル・ラピス・
クラメンティール
ティアラローズの義弟。
希少な治癒魔法の使い手。

初代ヒロイン
アカリ
乙女ゲーム「ラピスラズリの指輪」
のヒロイン（プレイヤー）。

続編キャラ
パール
マリンフォレスト王国の
海の妖精王。

続編キャラ
クレイル
アクアスティードに祝福を
贈った空の妖精王。

プロローグ
鈍色の空

朝方わずかに降った雨が、小さな虹《にじ》を作っている。それを見上げ、なんとはなしに今日もいい天気で、平和な一日が始まるのだろうと思う。

窓の外を見ると空の妖精《ようせい》がのほほんと空中散歩を楽しんでいて、その光景に口元を緩《ゆる》め、さてそろそろ起きようか……というところで突然《とつぜん》、空の色が鈍《にぶ》くなった。

「え……？」

無意識のうちにもれた声は、戸惑《とまど》いの色が濃い。

それだけでは終わらなかった。鈍色《にびいろ》の空、雲の隙間《すきま》から黒く大きな鳥が現れた。その大きさは、一メートルほどはあるだろうか。

空の妖精が襲《おそ》われそうになっているのを見て、すぐさまベッドから飛び起きる。

「どういうことだ」

まるで魔物《まもの》のようなその鳥に向けて、ベッドサイドに立てかけていた弓を手に取り矢をつがえた。

「なんだったんだ、あの鳥！」

森の中を歩きながら、アッシュブルーの髪色《かみいろ》の青年が声を荒《あら》らげる。それは朝方に、突然襲ってきた鳥もどきに対する言葉だ。

なぜ鳥もどきなのかといえば、正式な名称《めいしょう》がないためだ。これまで誰《だれ》も見たことがなく、攻撃《こうげき》的な生物だということしかわかっていない。

「私だってわからないさ。あんな鳥、文献《ぶんけん》でも読んだことがない」

返事をしたのは、鳥もどきに弓で攻撃《こうげき》していた青年。アッシュピンクの髪をかきあげて、小さく息をつく。

「黒く大きく、風の魔法《まほう》を使う鳥――、さしずめ『鈍黒鳥《にびこくちょう》』っていうところかな」

とはいえ、呼び名が決まっても解決策は何もない。

「森の書庫にならば情報があるかも……と思ったけど、なぜか道が塞《ふさ》がってるし――え」

「どうし――なっ？」

二人の青年は足を止めて、顔を見合わせる。

「どういうことだ？　母様……に似てるけど、こんなに若くない……よな？」

アッシュブルーの髪の青年は焦《あせ》りながら、早口に言ってアッシュピンクの髪の青年を見やる。同意見のようで、彼も無言で頷《うなず》いた。

彼らが目にしたのは、横たわる一人の女性。

柔《やわ》らかなハニーピンクの髪と、上品なドレス。気を失ってしまっているのか、瞳《ひとみ》は閉じられていて見ることができない。

彼女は花のベッドで寝《ね》ており、近くには雨避《あまよ》けの大きな葉っぱと、色とりどりの花が咲《さ》いている。おそらく、森の妖精たちの楽しいいたずらと、少しばかりの心遣《こころづか》いなのだろう。

「大きな葉が傘《かさ》の代わりになっているのか。朝方少しだけ、雨が降っていたから」

「森の妖精の仕業だろう……って、森の中に寝かせておいたら風邪《かぜ》引いちまうだろ！　急いでどっか、ええと、とりあえず俺たちの秘密基地に運ぼう！」

アッシュブルーの髪の青年が慌《あわ》てて女性を抱《だ》きかかえ、歩き出す。その耳は少し赤くなっていて、柄《がら》にもなく照れているということが見て取れる。

「ほら、早く行くぞルカ！」

「……わかってるよ、リオ」

第一章

妖精の星祭り

マリンフォレストの王城の庭園には、たくさんの種類の花が咲《さ》き誇《ほこ》っている。庭師が丁《てい》寧《ねい》に世話をし、さらには森の妖精《ようせい》たちも世話をしてくれているからだ。

赤、白、ピンク、黄、橙《だいだい》……と、華《はな》やかな色どりは、見ているだけで心が弾《はず》む。ティアラローズの花や、向日葵《ひまわり》、グラジオラス、ダリア、それから森の妖精お勧《すす》めの甘く食べられる花たち。

ただ——夏の今の時期は、その陽《ひ》ざしがちょっと厳しい。

白色のレースの日傘《ひがさ》をさして、とろけそうになりながら、ティアラローズは前を楽しそうにスキップする娘《むすめ》の後をついていく。

さらにその後ろには、侍女《じじょ》のフィリーネと、護衛のタルモがいる。

「大丈夫《だいじょうぶ》ですか、ティアラローズ様」

「ええ、なんとか。……わたくし、また体力が落ちたかしら」

心配するフィリーネに、ティアラローズは苦笑《くしょう》する。

マリンフォレストの王妃《おうひ》、ティアラローズ・ラピス・マリンフォレスト。

出身は隣《となり》のラピスラズリ王国で、マリンフォレスト王国へ嫁《とつ》いで五年が経《た》つ。

ふわりとしたハニーピンクの髪《かみ》と、水色の瞳《ひとみ》。青色の身頃《みごろ》に続く白色のタックスカートには裾《すそ》へ向けてきめ細やかな美しい花の刺繍《ししゅう》がされている。

優《やさ》しく穏《おだ》やかな表情を浮《う》かべたティアラローズ、娘を見つめる瞳は慈愛《じあい》に満ちている。

そんな聖女のような彼女だが、実はここ――乙女《おとめ》ゲーム『ラピスラズリの指輪』の続編の世界へ転生した悪役令嬢《れいじょう》だ。

疲《つか》れた様子のティアラローズを心配したのか、前を歩く娘のルチアローズが「まま？」とこちらを振《ふ》り向《む》いた。

「うう……」

眉《まゆ》を下げて、ティアラローズのところまで駆《か》けてきた。そのまま飛び込むように抱《だ》きついてきたので、「心配してくれてありがとう」とティアラローズは微笑《ほほえ》む。

楽しそうにはしゃいでいたのは、ルチアローズ・マリンフォレスト。

ティアラローズとアクアスティードの第一子にあたる、第一王女。少し濃《こ》いピンク色の髪と、金色がかったハニーピンクのパッチリとした瞳。

魔力《まりょく》は落ち着きをみせ、今は穏やかな日常を送っている。

最近はちょっとずつ言葉を喋《しゃべ》れるようになり、いろいろなことに興味津々《きょうみしんしん》だ。ただ、すぐにどこかへ行ってしまいそうになるので目が離《はな》せない。

ルチアローズの額にうっすら浮かぶ汗《あせ》をハンカチで拭《ぬぐ》い、ティアラローズはそろそろ休憩《きゅうけい》した方がいいと考える。

——せっかくだから、庭園でティータイムがいいかしら。

日陰《ひかげ》であれば、風も吹《ふ》いているしのんびりすることができるだろう。冷たいフルーツティーとスイーツを用意してもらえたら、疲れなんて吹《ふ》っ飛《と》んでしまうはずだ。

「ルチアア、あそこで休みましょう」

「あい！」

ティアラローズはルチアローズと手を繋《つな》いで、すぐ近くにあったガゼボへ向かう。

大理石で作られたガゼボは涼《すず》やかで、中央にはテーブルと、木製の椅子《いす》には水色のクッションが置かれている。

すぐに、フィリーネがティータイムの準備をしてくれた。

とびきり美味《おい》しいスイーツを用意してくれたのは、フィリーネ・コーラルシア。黄緑色の髪と、セピアの瞳。ロングスカートの制服を着こなす姿は、とても頼《たよ》りになるし、実際にしっかりしている。

ティアラローズの侍女で、アクアスティードの側近エリオットの妻。夫婦《ふうふ》二人で仕えてくれており、もっとも信頼《しんらい》している一人だ。

フィリーネが用意してくれたのは、オレンジ、ブドウ、パイナップルが入り、ミントが添《そ》えられているフルーツティー。スイーツは、ミカンを丸ごと使ったゼリーだ。

「わあぁぁ、美味しいそう……！」

ティアラローズは瞳をきらきらさせ、ミカンゼリーを見る。ぷるんと揺《ゆ》れるゼリーは、なんとも食欲をそそられる。

──これなら、夏バテしてても何個だって食べられそうだわ。

実際にゼリーばかりを食べたらフィリーネに叱《しか》られてしまいそうだけれど、一口食べたミカンゼリーは、口の中がひんやりとして本当に美味しかった。

「ん〜！　おいちっ」

ルチアローズも気に入ったらしく、にこにこしながらゼリーを食べている。しかしまだ上手《じょうず》に食べることができなくて、口の端《はし》にゼリーがついてしまっている。

「ルチアったら」

そんなところも可愛《かわい》いと思ってしまうティアラローズは親ばかなのだが、レディとしては口にゼリーをつけたままではいけない。ハンカチで拭おうとして――「ついてる」という笑い声が耳に届いた。

「美味しそうだね、ルチア」

「ぱぱ！」

「アクア」

姿を見せたのは、アクアスティードだ。ルチアローズの口元についていたゼリーを指先で拭ってあげている。

「私も休憩だから、ご一緒《いっしょ》させてもらおうかな」

「もちろんです」

並んで座るティアラローズとルチアローズの向かいに、アクアスティードが座る。

妻と娘とのティータイムに嬉《うれ》しそうな、アクアスティード・マリンフォレスト。

ティアラローズの夫であり、マリンフォレストの国王。

ダークブルーの髪に、王であることを示す金色の瞳。今は向かいに座る妻と娘を見ているため、目じりが下がりっぱなしだ。

乙女ゲーム『ラピスラズリの指輪』続編のメイン攻略《こうりゃく》対象。

しかしヒロインを選ばずに、断罪イベント中のティアラローズへ求婚《きゅうこん》した、ティアラローズにとっては正真正銘《しょうしんしょうめい》のヒーローだ。

アクアスティードもフルーツティーを飲むと、仕事の疲れからか一息ついた。やはり、妻と娘とゆっくりする時間は格別だ。

しかし、そんな時間を邪魔《じゃま》するかのように……テーブルの上、中央が光に包まれて――一通の手紙が姿を見せた。

「…………」

それを見たアクアスティードが、ため息をつきたくなってしまったのも仕方がないだろうか。

「わたくしへ手紙みたいですね、ええと……アカリ様から」

今までも何度か見たことのあるその手紙は、ラピスラズリ王国にいるアカリからのものだ。このゲームのヒロインで、今はティアラローズの親友。

若干不機嫌《じゃっかんふきげん》そうになったアクアスティードに苦笑しつつも、ティアラローズは手紙を手に取る。ルチアローズが興味津々で手をのばしてくるので、一緒に封《ふう》を開けた。

「――『ティアラ様へ。お久しぶり、アカリです！　元気にしてますか？　私はめちゃくちゃ元気です！　最近はティアラ様のお父様とお母様と、ダレル君と一緒にお茶をすることが多くて、楽しい毎日を過ごしています！』……とても楽しそうですね、アカリ様」

ティアラローズはくすりと微笑み、先を読み進める。

「ええと、『ダレル君が熱心に調べ物をしていたので、私もそれに協力した結果、ウンディーネの住《す》み処《か》の特定に成功しました！　すごくないですか？　私たち！　これからちょっと行ってくるので、また報告しますね～！　アカリより』……って、え、アカリ様!?」

いったい何をしているのだと、ティアラローズは大慌《おおあわ》てだ。

手紙に登場した『ダレル君』とはティアラローズの義弟《ぎてい》だ。

ウンディーネの弟子《でし》にあたるのだが……ウンディーネは泡《あわ》になり消え、ダレルもそのあたりの詳細《しょうさい》がわからずはっきりしていなかった。

突然《とつぜん》師匠《ししょう》が消えてしまったダレルは、一人でさ迷い歩いていた。

そのとき、狼《おおかみ》に襲《おそ》われたティアラローズの父、シュナウスを治癒魔法《ちゆまほう》で助け、それをきっかけに養子となった。

――アカリ様の行動力のすごさは、わかっていたはずなのに。

大きくため息をつき、ティアラローズは頭を抱《かか》える。

「まぁま？」

「ああ、ごめんなさいねルチア。……ダレルが無事だといいのだけれど」

心配はしても、ティアラローズにはアカリを止めるすべはない。仮に手紙を送ることができても、その程度で止まるアカリではないのだ。

「アカリ嬢《じょう》も、ダレルを危険にさらすようなことはしない……と思うよ」

「アクア……。そうなんですが、アカリ様は強いのでどんな危険なことにも立ち向かっていってしまうんです」

戦略的撤退《てったい》という言葉を、きっと知らない。

「…………」

それを否定できないのはアクアスティードも同じだったようで、乾《かわ》いた笑いを浮かべた。

ひとまず、エリオットを呼んでこちらからもアカリに手紙を送るしかないだろう。

クラメンティール家の養子になってから覚えた乗馬で、ダレルは地平線を見渡《みわた》しながら草原を駆ける。隣には同じように馬で駆けるアカリ。その後ろには、少し遅《おく》れてハルトナイツと幾人《いくにん》かの護衛がついてきている。

澄《す》み切《き》った空と、心地《ここち》よい風は、ダレルをなんともいえない気分にさせていた。

それは、向かっている先が……以前ダレルが住居としていた、森の奥にある師匠の家だからだ。

とはいえ、そこに行くまでの道のりは長い。なんせ、一番近くの街から森まで馬で駆け、さらに森の中を歩いて……一日ちょっとかかるだろう。

地図でいえば、ラピスラズリ王国とマリンフォレスト王国の国境にほど近い場所だ。野生の動物も多く生息し、猟師《りょうし》もめったに出入りはしないのだという。

乗馬をしながら、アカリは乙女ゲーム、ラピスラズリの指輪のオープニングソングを口ずさむ。この曲は現実となったこの世界でも、なじみの深い歌だ。

「ふんふーん、ふんふふん♪　あ、森の入り口が見えてきた！」

発見！　と、アカリが笑顔《えがお》で前方を指さした。

この乙女ゲームのヒロインである、アカリ・ラピスラズリ・ラクトムート。

黒目黒髪《くろかみ》の日本人で、この世界には転移で突如《とつじょ》やってきた。ヒロインとしての幸せをつかみ取ろうと四苦八苦した結果、今はハルトナイツの妃《きさき》として楽しく過ごしている。

聖なる祈《いの》りという強力な魔法を使うことができるのだが、乙女ゲーム大好き人間で、このように度々《たびたび》好き勝手暴走している困った人物でもある。

本人曰《いわ》く、今はエンディング後を絶賛プレイしている気分らしい。


師匠と自分のことを知ろうとしている、ダレル・ラピス・クラメンティール。

クラメンティール家当主であるシュナウスを助けた縁《えん》で養子となり、今は時期侯爵《こうしゃく》の地位についている。

薄《うす》い水色の髪と、青の瞳。穏やかな表情はその性格にも反映されていて、丁寧で物静かな少年。

しかし、消えてしまったダレルの師匠はウンディーネと呼ばれていたこともあり……扱《あつか》う治癒魔法のすごさにも、本人の知らない秘密が隠《かく》されていそうだ。


ダレルは馬の歩調をゆるめて、軽く息をはく。

ここまで夢中でやってきたが、いざ自分の暮らしていた森を前にすると、なんとも言い難《がた》い思いが生じた。

もしかしたら、自分や師匠――ウンディーネにまつわる何かがわかるかもしれないし、期待外れに何もないかもしれない。

「ハルトナイツ様、遅《おそ》いですよ～！」

「お前が早すぎるんだ、まったく……！」

歩調を緩《ゆる》めたことにより、ハルトナイツが追いついた。護衛の騎士《きし》たちは、少し離れてついてきてくれている。

ラピスラズリ王国の苦労人、ハルトナイツ・ラピスラズリ・ラクトムート。

金髪碧眼《きんぱつへきがん》の第一王子にして、乙女ゲーム『ラピスラズリの指輪』のメイン攻略大将キャラクターだ。

アカリの夫になったがゆえか、毎日のように彼女に振《ふ》り回《まわ》されているのだが……なんだかんだで、幸せな日々を過ごしている。

今回も、アカリの大冒険《だいぼうけん》が心配でついてきた。

森の中は人が通らないということもあって、獣道《けものみち》だ。馬で進むことは難しいので、仕方がなく森の入り口付近の木に繋ぎ、騎士の一人が待機することにした。

「今回は、付き合っていただいてありがとうございます。私一人だったら、こんなにすぐここへ来ることもできなかったと思います。……自分のことだっていうのに」

ダレルが申し訳なさそうに告げると、「大丈夫！」とアカリが笑顔をみせる。

「何かあれば助けるのは当然！　それに、私だってウンディーネのことは気になるし！」

「そうだな、子どもがそんなに遠慮《えんりょ》することはない」

ハルトナイツも、アカリに続いてフォローを入れてくれた。

「……はい」

二人の言葉に、ダレルは温かい気持ちになる。


——正直に言えば、一人で生きていくのであれば、ダレルは別に自分のことがわからなくても問題はないと考えていた。

しかし、クラメンティール家の養子になり、ティアラローズに出会った。

さらに、ダレルがわずかに持っていたらしいウンディーネの魔力がお腹《なか》の赤ちゃんに共鳴してしまうということもあった。

ダレルは思ったのだ。

自分の力で、この人たちをもっと守ることができたら……と。ウンディーネである師匠のことを調べ、自分のレベルアップをしたかったのだ。

それから、師匠のことをもっと知りたかったという気持ち。

しかしあまりにもうっそうとした森に、ハルトナイツは顔をしかめる。

「ダレルは、本当にこんなところに住んでいたのか？」

街も遠いし、とてもではないが、人が住む環境《かんきょう》には見えなかったのだろう。ダレルはハルトナイツの言葉に苦笑しつつも、懐《なつ》かしさに目を細めた。

「間違《まちが》いなく、私と師匠が暮らしていた森です。木々の葉が多くて、いつも暗かったんですよね。かなり歩きますが……道も、わかると思います」

「そ、そうか」

ハルトナイツとしては、違《ちが》うみたいだから帰ろう……という言葉を期待していたのかもしれないが、そうはならなかった。

アカリは森の先にあるウンディーネの住み処にわくわくしているし、どうあがいても引き返すことは無理だろう。仕方なく、ハルトナイツも腹をくくる。

「──行くか」

「はーい！」

「はい、案内します！」

ハルトナイツの声を号令にして、一行は森の中を進んだ。

アカリからの手紙がティアラローズに届いて、丸二日が経った。

「……大丈夫かしら、アカリ様」

あれ以降、続報は届いていない。こちらからは、エリオットの魔法で詳細を教えてほしい、十分気をつけてほしい、などと手紙を送っているのだが……。

「ダレルに何かあったらどうしましょう……」

心配で心配で、お菓子《かし》も落ち着いて食べることができない。

「まぁま？」

「ああ、ごめんなさいルチア。大丈夫よ」

うっかり考え事をしていてルチアローズを放置してしまうところだったと、ティアラローズは自分を窘《たしな》めた。

ティアラローズはルチアローズと二人、部屋のバルコニーから街の様子を眺《なが》めていた。活気にあふれ、お祭りの準備をしている様子が見える。

「あ〜！」

「ふふ、楽しそうね」

ティアラローズは娘のルチアローズを抱きながら、「あそこが広場で、向こうは――」と、街の様子を教えてあげる。

ルチアローズは終始楽しそうにはしゃいでいる。

「今年のお祭りは盛大《せいだい》に行うのよ。ルチアも一緒にお祭りに行きましょうね」

「あい！」

元気のいい愛娘《まなむすめ》の返事に、ティアラローズは微笑む。

マリンフォレストの夏といえば、『妖精の星祭り』である。

今年はティアラローズが嫁いできて五年の節目ということもあり、三日間のお祭りは盛大に行われることとなった。

お祭りは五日後に迫《せま》り、今は着々と準備が進められている。アカリ、ダレル、ハルトナイツに招待状を送ってはいるが……もしかしたら来るのは難しいかもしれない。

――とりあえず連絡《れんらく》だけでもくださいませ、アカリ様。

そんなことを、ティアラローズは晴《は》れ渡《わた》る空に祈ってしまった。

「今年はたくさんのスイーツ屋台が出店されるみたいだから、楽しみね。ルチアは何が好きかしら」

「ん〜、くっき！」

「そうね、クッキーも食べましょうね」

「あいっ」

お菓子が大好きすぎるティアラローズと、少しずつ言葉を覚えてきたルチアローズ。最近は、こうしていろいろお話をするのが毎日の楽しみだ。

ティアラローズに似たのか、それともティアラローズとの会話だからか、お菓子の話題が多いような気がするのは……ご愛嬌《あいきょう》だろう。

「そろそろ部屋に戻《もど》りましょう。このまま外にいたら、暑くて溶《と》けてしまうわ」

「あい」


——そして、その日の夜。

ティアラローズとアクアスティードがベッドに入ったタイミングを見計らってかいないのか、アカリから手紙が届いた。

手紙を手に取ったのは、アクアスティードだ。

「こんな時間に送ってくるとは、よほど急ぎの案件でもあるのか……？」

「もう夜も遅いですからね……」

時計の針を見ると、〇時を越《こ》えるところだった。一緒にいるかもしれないダレルは九歳なので、普段《ふだん》なら眠《ねむ》っている時間だろう。

――何があったのかしら。

「開けるよ？」

「はい」

「……無事に、ダレルが師匠と一緒に住んでいた家に着いたという知らせと……何があったか書いてあるみたいだ」

アクアスティードの言葉を聞き、ティアラローズも手紙を覗《のぞ》き込《こ》む。しかし肝心《かんじん》の何があったか、というところには……『悔《くや》しい～～！　私じゃ解決できませんでした！　海女《あま》さんになりたかった!!』という文字が。

「……海女さん？」

「これだと、解決できなかったこと以外は詳細がわからないね」

アクアスティードも苦笑して、予想も立てられないと肩《かた》をすくめる。

かろうじてわかることといえば、海女になりたかったとあるので、水に潜《もぐ》ろうとしたのかもしれない、ということくらいだ。

「アカリ様らしいですけど……ああ、下の方にも日本語で何か書いてあります」

お決まりの、日本語を使った秘密のメッセージ。かと思いきや、『お祭り楽しみ！　屋台の焼きそばは外せないですよね！　急いでいきます！』と書かれていた。

思わず呆《あき》れて頭を抱えたくなる。

――もっとほかに、書くことがあるんじゃありませんかアカリ様⁉

ため息をついたティアラローズを見て、アクアスティードは「なんて？」と苦笑する。どのみち、有益な情報が書かれていないということは察しているようだ。

「……急いでお祭りに来るそうです」

「それはなんとも……アカリ嬢らしいね」

「本当に」

わかった確かなことといえば、手紙の様子から全員無事でいるということだろうか。

昔住んでいた家に戻るだけだから危険はないといわれてしまえばそれまでなのだが、精《せい》霊《れい》関係は本当に何が起こるかわからない。

「わたくしたちは、アカリ様たちを迎《むか》える準備をしておきましょう」

「それがよさそうだ」

ティアラローズとアクアスティードは顔を見合わせて、くすりと笑った。

それからお祭り当日までの間、ティアラローズとアクアスティードは仕事に追われていた。準備の最終確認《かくにん》などもあって、寝《ね》る時間もあまり取れないほどだった。

そうしてやってきた、妖精の星祭り当日。

アクアスティードはソファに沈《しず》み込んで、大きく息をついた。ギリギリまでいろいろな書類が回ってきて、かなり疲れてしまったようだ。

「お疲れ様です、アクア」

「ん。ティアラも、いろいろとフォローありがとう」

アクアスティードはソファに座ったまま、両手を広げる。どうやら、ティアラローズにおいでと言っているようだ。

「これからお祭りに行くんだから、その前に少しだけ充電《じゅうでん》」

ね？　と、そう微笑まれてしまっては、ティアラローズに拒否《きょひ》することなんてできない。

間違いなく、確信犯だ。

――でも、それを嬉しいと思ってしまうわたくしもわたくしね。

アクアスティードに求められるのは、とても嬉しく、温かい気持ちになるのだ。

その胸に飛び込むと、ぎゅっと抱きしめられる。互《たが》いの心音がわかるほどに近く、二人の間には少しの隙間《すきま》もない。

「…………」

どきどきしているけれど、安心する。そんな少し矛盾《むじゅん》した言葉が、一番しっくりくるようにティアラローズは思う。

別に言葉を発しなくても、この心地よい空間が壊《こわ》れることもない。

ずっとこの時間が続けばいいのにと、そう考えてしまうこともある。しかしそれは、いつも唐突《とうとつ》に現実へと引き戻される。

「まぁま、ぱぁぱ～」

「──ルチア」

扉《とびら》を開けて、勢いよく走ってきたのはルチアローズ。お祭りに行くので、フィリーネに可愛く着飾《きかざ》らせてもらっていた。

頭には大きなリボンをつけて、フリルのスカートとレースの靴下《くつした》。歩きやすそうな靴には、猫《ねこ》の飾りがついている。

「可愛くしてもらったのね、ルチア」

「とっても似合ってるよ」

「あいっ」

ティアラローズとアクアスティードの言葉に、ルチアローズは満面の笑《え》みを浮かべる。両親に褒《ほ》められたことが、嬉しくて仕方がないのだ。

「かあいーっ」

ルチアローズはティアラローズに言われた言葉を繰《く》り返《かえ》して、近くにあったねこのぬいぐるみを抱きしめる。これは、以前シュナウスがプレゼントしてくれた、ルチアローズお気に入りのねこちゃんだ。

「にゃんにゃも、かあい～」

すると、ねこのぬいぐるみが歩き出した。ルチアローズは自身の魔力を使い、人形を動かすことができる。

まだティアラローズのお腹にいたときから使える力で、最初に見たときはみんなびっくりしたものだが、今ではいい思い出になっている。

はしゃぐ娘を見て、ティアラローズとアクアスティードは微笑む。今から行くお祭りが、楽しみで仕方がないようだ。

出かける準備が整ったので、ティアラローズはアクアスティードとルチアローズの三人で王城のエントランスホールへやってきた。

するると、テンションの高い声が聞こえてくる。

「ティアラ様～！　お祭りに招待ありがとうございますっ！　は～、すっごく楽しみ！」

「──っ、アカリ様！」

お気楽な様子でやってきたのは、ここしばらくティアラローズの頭を悩《なや》ませていた元《げん》凶《きょう》のアカリだ。本人は全く気にしているようには見えない。

ティアラローズはため息をついて頭を抱えたくなるのをぐっとこらえ、挨拶《あいさつ》の言葉を口にする。

「……いらっしゃいませ、アカリ様」

「遠いところ、ありがとう」

続いてアクアスティードが礼を言ったところで、ルチアローズがぱっと表情を輝《かがや》かせた。以前一緒に遊んだアカリのことを、ちゃんと覚えていたようだ。

「あーちゃっ！」

「～～～っ！　ルチアちゃん可愛いっ!!　あーちゃんですよっ！」

アカリは飛びついてきたルチアローズを抱きしめて、そのまま勢いに任せてくるりと一回転する。それが楽しいのか、ルチアローズはきゃっきゃと嬉しそうにはしゃぐ。

しかし、なぜかハルトナイツとダレルの姿が見えない。確か、三人は一緒に行動していたはずだったのに。

「ええと……アカリ様、お一人ですか？」

ティアラローズが首を傾《かし》げると、アカリは「え？」と後ろを振り返る。もちろん、誰《だれ》もいない。

「いけない、置いてきちゃったみたい！」

相変わらずのアカリに、ティアラローズは苦笑するしかない。

アカリによると、マリンフォレストに入ってからは馬車で移動していたのだが、お祭りが楽しみすぎて途中《とちゅう》から一人馬で駆けてきたらしい。

まあ、いつものことだ。

「それから……ダレルのことや、ウンディーネ様のことは……何かわかりましたか？」

ティアラローズが一番聞きたかったことを口にすると、アカリは「そうそう」と疑問に答えてくれた。

「見つけたんですよ、ダレル君が住んでたお家《うち》！　それと、ウンディーネの日記も。ただ、防衛対策……っていうやつなんですかね。今の私たちじゃどうすることもできなかったので、とりあえずこっちへ来たんです。たぶん、海の妖精の力を借りられたらどうにかなると思うんですよね～」

手掛《てが》かり自体は見つけることができたが、それを手にすることはできなかったようだ。

「なんと……ウンディーネの秘宝は泉の底にあるんです！」

「泉の……」

「底に？」

ティアラローズとアクアスティードが目を瞬《しばたた》かせ、いったいどういうことだと眉を顰《ひそ》める。いや、確かに泉の底であれば、そうそう泥棒《どろぼう》に盗《と》られるようなこともないだろう。

「潜ってみたんですけど、深くて息が続かなかったんですよ……」

魔法を使ってみようともしたけれど、上手《うま》くいかなかったのだとアカリは項垂《うなだ》れる。

「それで海の妖精の力を借りたいんですね」

海の妖精からの祝福を受けると、魔法が強化されたり、新しい魔法を使えるようになったりする。ただ、それは人それぞれで、どういった力になるかはわからない。

水の中、深くまで潜ることができるのは、ティアラローズが知る限りでは続編のヒロインのアイシラだけだ。彼女は球体の膜《まく》を作り、海深くまで行くことができる。

「だからこれを期に、海の妖精から祝福をもらっちゃう作戦です！」

「えっ」

アカリの発言に、ティアラローズは目が点になる。

てっきり誰かに頼《たの》むとばかり思っていたが、アカリは自分自身で泉の底まで潜りたいようだ。

──いえ、アカリ様らしいけれど……。

妖精の祝福はそう簡単に得られるものではないのだが、アカリはヒロインなので妖精たちもすぐに祝福してくれるかもしれない。

アカリの目的は、ひとまずお祭りをめいっぱい楽しんで、その後海の妖精に祝福してもらう──ということのようだ。

「まっ、立ち話はこれくらいにして、お祭りに行きましょう！　ハルトナイツ様たちも、あとから来ると思いますから」

「アカリ様ったら……」

詳《くわ》しい話は夜に改めてした方がよさそうだと、ティアラローズとアクアスティードは判断した。

ウンディーネの住み処も別段危険はなかったようだし、直《ただ》ちに何かする必要性もない。

「ルチアちゃんにお土産《みやげ》も買ってきたんだけど……馬車の中だから、あとであげるね」

「あいっ！　あいあとー！」

「お礼までちゃんと言えるなんて、いい子の中のいい子!!　よーし、お姉ちゃんがなんでもほしいもの買ってあげるから!!」

ルチアローズに貢《みつ》ぐ気満々のアカリは、「早く行きましょう！」と外を指さす。

ハルトナイツとダレルを待った方がいいのでは……とティアラローズは思ったが、アカリのことだから大分先行してきている可能性もある。

ティアラローズはやれやれと肩をすくめ、頷《うなず》いた。

「では、わたくしたちは先にお祭りに行きましょうか」

ルチアローズはちょこちょこ歩いたり、短い距離《きょり》であれば駆けるようになったので、ティアラローズとアクアスティードの真ん中で手を繋いで歩く。

「ルチアア、ゆっくり歩いてね」

「あい！」

元気に返事をしたルチアローズだけれど、お祭りの様子が気になって仕方がないらしい。見るものすべてが新鮮《しんせん》で、ちょっとでも手を離したら駆けて行ってしまいそうだ。

それはアカリも同様で、あっちこっちに寄り道をしながら歩いている。おそらく、誰かが迷子になるとしたらアカリだろう。

「どの屋台も美味しそう！　とりあえずタピオカドリンクを飲んで……ん～、射的したいんですけど、ないっぽいかなぁ？　ティアラ様、射的かスーパーボールすくいありませんか～⁉　あ、輪投げだったらルチアちゃんと一緒にできるかも！」

「この世界に射的はありません！」

そもそも銃《じゅう》がないのに、射的なんてあるわけがないのだ。ほかの娯楽《ごらく》に関しても、目にしたことはない。

アカリは「ちぇ」と頬《ほお》を膨《ふく》らませてタピオカミルクティーを飲んだ。

「ん～、美味しい！　ルチアちゃんは……まだ早いですかね？」

「タピオカは喉《のど》に詰《つ》まったら危ないですから、フルーツジュースがいいですね」

「フルーツ……あ、屋台を発見！　ルチアちゃんのために、アカリお姉ちゃんがすぐ買ってくるからね‼」

アカリがダッシュで屋台に駆けていくのを見て、ティアラローズはアクアスティードと顔を見合わせてくすりと笑う。

「アカリ嬢はあんなにはしゃいで疲れ……はしないんだろうな」

「アクアったら……。ですが、今回のお祭りはいつもより規模が大きいですから、はしゃぎたくなる気持ちもわかります」

普段は王城にいることもあり、あまり遊び歩くこともない。

実はティアラローズも、先ほどからきょろきょろ視線を動かしている。見た目の可愛いスイーツがたくさんあって、こっそりチェックしているのだ。

「ティアラ、あっちにあるフルーツの水あめはどう？」

「わあぁ、美味しそうですね！　しかも見た目が可愛い」

小さな苺《いちご》と金平糖が水あめに包まれていて、一口で食べられるよう作られている。苺はマリンフォレストの特産なので、使っている屋台が多い。

ほかにも、クレープやパウンドケーキなどを販売《はんばい》している屋台もある。

「目移りしてしまいますね」

「そうだね」

ティアラローズがどれにしようか悩んでいると、「買ってきました～！」と元気いっぱいにアカリが戻って来た。

その手には、苺ジュースが四つ。どうやら、ルチアローズの分だけではなく、全員に買ってきてくれたようだ。

アカリが先ほど飲んでいたタピオカドリンクは、とっくに飲み干されたらしい。

「ありがとうございます、アカリ様」

「いえいえ！　ルチアちゃんもどうぞ～！」

「あいとー！」

ルチアローズは苺がたくさん入ったジュースを満面の笑みで受け取り、一口飲む。すると、美味しさのあまりぴょんぴょん跳《は》ねた。

「おいちいねぇ」

「気に入ってくれた？　よかった～！　おいちっ！」

「ね～」

アカリも満面の笑みだ。

ティアラローズとアクアスティードも苺ジュースを飲み、確かに美味しいと頬が緩む。

次は、ティアラローズが何か食べ物を買おう――と思っていたら、前からお祭りを楽しんでいる三人組が歩いてきた。

「お、ティアラじゃねぇか」

「キース……！　それに、クレイル様にパール様も」

「おぬしたちも来ていたのかえ」

「お祭りもなかなか楽しいね」

三人組とは、この国に住む妖精の王たちだった。

普段よりもラフな服装に身を包み、お祭りを楽しんでいるようだ。頭には屋台で売っているお面をつけ、それぞれ食べ物やドリンクを持っている。

――思いっきり楽しんでる……!!

妖精王が人間のお祭りにここまで興味を持つとはと驚《おどろ》きつつも、ティアラローズは淑《しゅく》女《じょ》の礼で挨拶をする。

「あーそんな堅苦《かたくる》しくするな。お前が礼なんてしたら、目立つだろ」

国王夫妻の顔は、国民に知れ渡っている。

しかし、国民たちはお祭りを楽しむティアラローズたちに声をかけることはしない。それは無粋《ぶすい》であると思っているのだろう。遠くから様子を見て、うちの王様は立派であると、誇らしい気持ちになっているだけだ。

「キース……。ですが、もうとっくに目立ってます」

「ん？」

見目麗《みめうるわ》しい妖精王が三人もいたら、人々の視線が向けられないわけがない。女性がキースとクレイルに熱い視線を向け、男性はパールをチラチラ見ている。

その視線に気づいたクレイルは、自分がかけていた上着をパールにはおらせる。ついでにフードも被《かぶ》せてしまう。

「何をするのじゃ、クレイル！」

「パールはもう少し自分の美しさを自覚して」

「……ふん。わらわを好むようなもの好きは、おぬしくらいじゃ」

ぷいっと顔を背《そむ》けるも、パールはクレイルの上着をぎゅっとにぎり嬉しそうだ。

クマのお面をつけている、森の妖精王キース。

深緑の髪と、金色の瞳。黒のタンクトップに、ラフに着こなす薄緑《うすみどり》の上着はシースルーだ。腰《こし》には緩やかなリボンと、いつも持っている扇《おうぎ》がさされている。手にはフランクフルトを持って、お祭りを満喫《まんきつ》しているようだ。

魚のお面をつけている、空の妖精王クレイル。

空色の髪と、金色の瞳。淡《あわ》い水色のシャツと、黒のパンツ。パールに上着を貸したため、線の細さがよくわかる。

手にはティアラローズたちと同じ、苺ジュースを持っている。

鳥のお面をつけている、海の妖精王パール。

白銀の髪と、金色の瞳。今はクレイルの上着とフードを被っているが、和風のデザインのワンピースは華やかで、パールの存在を引き立てている。

大好きなタピオカドリンクを持っている。

「まさか、街で会うとは思いませんでした」

「たまにはいいだろ」

キースはにっと笑い、いろいろ食べ歩いたのだと言う。どうやら、思いのほか人間の食べ物が気に入ったようだ。

「楽しんでいただけて、何よりです」

ティアラローズが微笑むと、キースは「まあな」と返事をする。

「それに、こうでもしねーとあの二人は出かけないからな」

「ああ……」

クレイルとパールを見て、ティアラローズは苦笑する。キースは以前放っておけばいいと言っていたが、なんだかんだ二人のことを気にかけてくれているようだ。

すると、キースが「そういえば」と向こうを指さす。

「あっちに魔法シュートとかいうのがあったぞ。アクア、勝負だ」

「魔法シュート？」

「おう」

行ってみると、射的のような屋台があった。並べてある景品を、筒状《つつじょう》の空気砲《くうきほう》で撃《う》ち落《お》とすゲームのようだ。

店主の肩に空の妖精が座っているので、筒は妖精と協力して製作し、店主の魔力を込《こ》め、誰でも使えるようにしてあることがわかる。

「へぇ、こんなゲームがあったのか……」

「ティアラの菓子を賭《か》けて勝負だ」

感心するアクアスティードと、勝手にティアラローズのお菓子を賭けるキース。

日ごろからお菓子を作っているので、あまり賭けの商品には向かないのではと思いつつも、ティアラローズは楽しそうだと笑っている。

「ぱぱ、がんやって〜！」

「ルチアにぬいぐるみを取ってくるよ」

「ばっか、俺の方がでかいぬいぐるみを取ってやる！」

並べられている景品は、片手で持てる小さなぬいぐるみなどの子どものおもちゃに、珊《さん》瑚《ご》や貝殻《かいがら》のアクセサリーに、木彫《きぼ》りの置物などだ。

二人はルチアローズへプレゼントするために、ぬいぐるみを狙《ねら》うようだ。しかし、そこで黙《だま》っていられないのがアカリだ。

「私も！　私もやる〜!!」

まるで射的！　と目を輝かせて、アカリが一番乗りで筒を持つ。そのまま三段中の上段に並ぶうさぎのぬいぐるみを狙い——外れた。

空気砲は景品後ろに敷《し》かれた布に当たり、わずかに震《ふる》わせたくらいだった。

「あれぇ……？　射的は結構上手いと思うんだけどなぁ」

これは魔法シュートであって射的ではないというツッコミはさておき、このゲームは予想以上に難しいようだ。キースとアクアスティードの瞳が、わずかに真剣《しんけん》みをおびる。

「俺《おれ》にできないことはないっつーの！」

キースが狙いを定めて空気砲を発射し——外れた。

店主が「残念だったね」と言いながら、残念賞の飴《あめ》を渡してくれる。その肩では空の妖精が楽しそうに笑っている。

「ぐ……っ」

まるで空の妖精に馬鹿にされたみたいだと、キースはクレイルを睨《にら》む。

「ちょっと、私にそんな目を向けられても困るんだけど……」

二人がそんなやり取りをしている間に、ポンッという軽快な音と、「おめでとうございます！」という店主の声。見ると、アクアスティードが見事うさぎのぬいぐるみを撃ち落としていた。

「はい、ルチア」

「あ〜！」

大きなリボンをつけたうさぎは、ルチアローズとお揃《そろ》いだ。ぎゅっと抱きしめて、「んふふ〜」と嬉しそうに笑う。

「ぱぁぱ、ありと〜！」

「どういたしまして」

その楽しそうな様子を、キースがなんともいえない表情で見る。なぜあいつばかり上手くやるんだ？　とでも思っているのだろう。

しかし、クレイルはその答えを知っている。

「私はもちろん、空の妖精だってアクアスティードに祝福を与《あた》えているからね。あれくらいは、簡単にやってもらわないと」

「それはせこいだろ」

「仕方ないよ、アクアスティードは私のお気に入りなんだから」

クレイルは楽しそうに笑って、「もう一回やってみたら？」なんてキースに言う。もちろん冗談《じょうだん》のつもりではあったのだが、キースも「やってやるよ、見てろよ」と言葉を返して挑発《ちょうはつ》に乗る。

そしてそれに乗っかってくるのが、アカリだ。

「あ、もう一回やっていいの⁉　今度こそ私だって！」

そんなこんなで、ティアラローズたちは存分にお祭りを楽しんだのだった。

第二章　両片想いの大暴走

マリンフォレストで夏に行われる『妖精の星祭り《ようせいのほしまつり》』のメインイベントは、夜だ。

もちろん日中も活気はあるが、夜はまた違《ちが》った盛り上がりを見せる。星降る夜空を恋人《こいびと》同士で見る人もいれば、家族で夜更《よふ》かししてお喋《しゃべ》りを楽しむこともある。独身たちが集まると、朝まで酒盛りが続いてしまったり。

ティアラローズはルチアローズが大きくなったら家族で見たいと思っているけれど、それはまだちょっとだけ早い。

しばらくは、アクアスティードと甘い時間を過ごすことができそうだ。

ティアラローズたちがお祭りを満喫《まんきつ》して王城に戻《もど》ると、ハルトナイツとダレルが待っていた。

手には出店で買った食べ物やお土産《みやげ》があるので、二人ともお祭りに行っていたようだ。ハルトナイツはアカリを見つけるやいなや、ずんずん歩いてきた。その手には、フライドポテトを持っている。

「アカリ、お前はまた勝手に暴走して……！」

「ハルトナイツ様も楽しんでるじゃないですか～！」

「お前が先に行ったからだろうが！」

どうしてもうちょっと待てないんだと、ハルトナイツが怒《おこ》る。

その様子にティアラローズは苦笑《くしょう》し、アクアスティードはルチアローズを抱《だ》き上《あ》げ

「見ちゃいけないよ」と目に手を当てた。

すると、すぐにフィリーネとエリオットがやってきた。

「おかえりなさいませ、ティアラローズ様、アクアスティード陛下《へいか》」

「楽しまれたようですね」

「ただいま、二人とも」

「ああ。フィリーネ、ルチアを頼《たの》んでもいいか？」

アクアスティードはフィリーネが頷《うなず》いたのを見て、ルチアローズを預ける。うとうとしているので、すぐにでも眠《ねむ》ってしまいそうだ。

「おねむみたいですね」

「お祭りでたくさんはしゃいだからね」

フィリーネと同じようにルチアローズをあやす、エリオット・コーラルシア。

アクアスティードの従者をしており、フィリーネの夫。

功績により男爵位《だんしゃく》を授《さず》かった。ところどころ抜《ぬ》けているところもあるが、剣《けん》や諜報《ちょうほう》活動も得意で、頼《たよ》りになる一面も多い。

アクアスティードたちのやり取りを見て、ハルトナイツが慌《あわ》てて頭を下げる。

「……っ、す、すまない。取り乱した……」

「いや。無事に着いてなによりだ」

次にダレルがティアラローズとアクアスティードの下へやってきて、「お久しぶりです」と頭を下げた。

「ティアラお姉様と、アクアお兄様にお会いできるのを楽しみにしていました！」

「元気そうでよかったわ、ダレル。アカリ様からいきなり手紙が来たときは、本当に驚《おどろ》いたのよ？　怪我《けが》はしていない？」

ティアラローズはダレルの周りを一周して、「見た目は大丈夫《だいじょうぶ》そうね」と目を細めた。

「私はこの通り元気ですよ。師匠《ししょう》の家があった森は、確かに深いですけど……私には慣れた場所でしたから」

むしろハルトナイツがうっかり転んで膝《ひざ》を擦《す》りむいたりして大変だったと、ダレルが道中の話をしてくれた。

後の話は、アカリと同じで泉の底が深くて辿《たど》り着《つ》けなかったということだ。

「それは……大変だったわね。――あら。ダレル、もしかして背が伸《の》びたかしら」

ティアラローズがダレルの頭の上あたりに手をやって、「すぐに抜かされてしまいそうね」と微笑《ほほえ》む。

「私も九歳になりましたから、多少は。でも、もっと早く大きくなりたいです！　そうしたら、私もいろいろなものを守ることができるのに」

「あら……もうすっかり大人の男性みた――ダレル？」

ふと、ダレルが話を遮《さえぎ》るようにティアラローズのお腹《なか》を見た。その真剣《しんけん》な様子に、ティアラローズは何かあったろうかと焦《あせ》る。

「あ……ごめんなさい、ティアラお姉様。不躾《ぶしつけ》でした」

「いいえ、大丈夫よ。でも、わたくしがどうかしたかしら？」

衣服に汚《よご》れか何かついていただろうか？　ティアラローズはそう思い首を傾《かし》げるが、アクアスティードが「もしかして」とダレルを見た。

「あ……はい。お兄様が思ってる通りで、えっと」

「ダレル？」

ティアラローズは訳がわからず、アクアスティードとダレルを交互《こうご》に見やる。

ダレルは口にしていいかどうかわからなかったようで、こっそりアクアスティードに耳打ちした。自分のことだというのに、自分だけ教えてもらえないなんて。

「え？　え？　え？　どういうことですか、アクア」

今度は、アクアスティードがその唇《くちびる》をティアラローズの耳元へ寄せる。

「あ、あくあ⁉」

「大丈夫だから、いい子で聞いて」

「……っ！」

「実は――」

ここにはみんなもいるのに、そんなどきどきして恥《は》ずかしいことをしないでほしい。

いったい何だと身構え、アクアスティードの言葉に――世界が色を変えたような感覚に陥《おちい》った。

「――お腹に赤ちゃんがいる、って」

「え、えええぇっ⁉　わたくし、二人目……っ⁉」

言葉を失って、ティアラローズは手で口元を覆《おお》う。

まったく実感がなかったので、なんだかとてもふわふわした気分だ。

「……赤ちゃん」

心臓がどきどきして、無意識のうちに手がお腹へ触《ふ》れる。ここに新しい命が宿っていると思うと、じわりと目頭《めがしら》が熱くなる。

──嬉《うれ》しい。

たった一言だけれど、ティアラローズのたくさんの想《おも》いが詰《つ》まっている。自分たちの下へ来てくれてありがとう、と。

ティアラローズの言葉と動作で、アカリとハルトナイツもぴんときた。アカリなんて、すぐにティアラローズの下へダッシュで駆《か》け寄《よ》って来た。

「おめでとうございます～～！　ティアラ様～～～！」

「あ、ありがとうございます。まだ、実感はないですが……」

ティアラローズは照れながら告げ、父たちにも報告しなければと思う。きっと、ルチアローズのときのように大喜びし、溺愛《できあい》してくれるだろう。

容易に想像できて、思わず笑ってしまう。

けれど、ダレルは心配げな瞳《ひとみ》でティアラローズを見た。

「ルチアちゃんのときと同じ……すごい魔力《まりょく》を感じます。なのでちょっと心配ですが、外部から干渉《かんしょう》してくる魔力はないので……経過をきちんと見ておけば大丈夫だと思います」

「この子も魔力が……」

ダレルの言葉に、ティアラローズはやはりと真剣な表情になる。

――アクアの子だもの。

容姿端麗《ようしたんれい》で、優秀《ゆうしゅう》な子が生まれてくるのだろうなと思う。

ダレルの話によると、ルチアローズのときと同様、もしかしたらそれ以上の魔力かもしれないという。

しかし、今回は精霊《せいれい》の力は影響《えいきょう》していないため、おかしな事態になることはないだろう……とのこと。

それにはほっと胸を撫《な》でおろした。

「大丈夫。たとえ魔力が多くても、お母様がしっかり守ってあげるわ」

だから安心して生まれてきてねと、ティアラローズはそう告げながらお腹を撫でた。

お祭りを満喫した妖精王三人組は解散し、キースとクレイルだけが王城の屋上から街を眺《なが》めていた。

キースは一息つき、なんとはなしに言葉を零《こぼ》す。

「マリンフォレストは、いい国だな」

「そうだね。フェレスとリリアが懸命《けんめい》に建国したのだから、これくらいになってもらわないと困る」

「……まあな」

クレイルの言葉に、キースはふっと笑う。

妖精王たちは、マリンフォレストを見守ってきた。

途中《とちゅう》でいろいろあって災害《さいがい》に見舞われそうになったこともあったけれど、なんだかんだ少しずつ成長してきた。

争いのない、笑顔《えがお》が絶えない、いい国だ。

今はアクアスティードもいるし、マリンフォレストはしばらく平和だろう。となると、キースは思うところが一つ。

ここ最近、クレイルとパールはいい雰囲気《ふんいき》だ。

「なあ、クレイル。せっかくの祭りなんだから、パールに告白でもしたらどうだ？」

「そうだな」

なんて、冗談《じょうだん》――とキースが言うよりも早く、予想外にもクレイルから肯定《こうてい》の返事がきてキースはフリーズして目を見開いた。

「……………え、まじか。本気か？　あんなに臆病《おくびょう》で奥手《おくて》のクレイルが？　本当に告白なんてできるのか？」

もしや自分はからかわれているのか？　と、キースは早口になる。

「……キースが言ったんだろう、告白したらどうだと。まあ、私から告白されても、パールは迷惑《めいわく》かもしれないけど」

クレイルの言葉に、キースはそんなことはないだろうとため息をつく。自分のことになると、どうにも消極的なようだ。

「……ここ最近、ティアラとアクアも幸せそうだからな。羨《うらや》ましいか？」

「それを言うなら、キースだろう？　ティアラローズにあれだけちょっかいをかけていたんだから」

「ははっ」

そういえばそうだったなと、キースは笑う。

自分のものになればいいと考えたときもあったけれど、最近はアクアスティードの横で笑っているからいいのだろうと思う。

「いいんだよ、俺は」

「――そうか」

「ああ」

頷いたクレイルに、キースは静かに笑った。

星祭り最終日の、三日目の夜。

満天の星空が見える山の上は空気が澄《す》み、気持ちが落ち着く。

空の神殿《しんでん》から近いこの場所は、マリンフォレストの王城の裏手にあり、クレイルが一番気に入っている場所だ。

星祭りはクライマックスを迎《むか》えて、星が降りそそいでいる。

クレイルは、そこにパールを呼び出した。

「ここから見える星は、格別じゃの」

「うん。いつかパールと見られたらと思ってたんだ」

「そうなのかえ？　ならば、誘《さそ》えばよかったじゃろうて」

星祭りは今までもあったのだから、機会も十分あったはずだとパールは頰《ほお》を膨《ふく》らませる。

けれど、クレイルにはそう簡単なことではなかった。

「断られたらと、そう思ったらどうにも怖《こわ》くてね」

「クレイル……」

パールは目を見開いて、クレイルを見た。しかしその顔は下を向いていて、表情を読むことはできない。

普段《ふだん》は飄々《ひょうひょう》とし、女装をしたこともあったくせに。素のクレイルはずいぶん慎重《しんちょう》なのだ。パールを怯《おび》えさせないように、パールに嫌《いや》な思いをさせないように、パールが少しでも笑顔でいてくれるように。

裏目に出てしまうことも、あるけれど。

「……………」

二人の間に、しばし沈黙《ちんもく》が落ちる。

パールはずっと、気付かないでいたかった。

誰《だれ》かを愛することは幸せで、胸が満たされる。けれど同時に、愛した分、一人になったときの寂《さび》しさは何倍もの重さとなってのしかかってくる。

昔、パールの名を与《あた》えたパールラントの男に裏切られてから——いったい幾年《いくとし》が過ぎたというのか。

もう、恋《こい》なんてしたくないと思った。愛なんていらないと思った。けれどそんな考えは、心が許してはくれなかった。

——わらわは……。

クレイルがそんな男ではないということなんて、とっくにわかっているし、パールが一番知っている。

けれどこの感情は、理屈《りくつ》ではなくて。

——それでも。

ずっと、ずっとずっと、クレイルは……。閉じこもって出てこようとしない自分の隣《となり》で、何を言うこともなく、ただそこにいてくれた。

「わらわを愛してくれてありがとう、クレイル」

告げて、パールはクレイルに抱きついた。

「――――」

ずっと好きでいてくれてありがとう。

きっとこんなにも長い間、パールのことを想ってくれていたのはクレイルだけだろう。

それにくらべたら、パールラントの男が囁《ささや》いた愛なんてたった一秒のようなものだ。

「ああもう、パールに全部持っていかれてしまったな……」

クレイルは困ったように微笑んで、パールを見る。

「好きだよ、パール。今までも、これからもずっと」

「……っ、」

囁くような低いクレイルの声に、パールは顔を赤くする。改めて言われると、こんなにも恥ずかしいのか、と。

しかしずっと、パールがほしかった言葉でもある。

――心臓が、爆発《ばくはつ》しそうじゃ。

クレイルは隣に立つパールの手に、自分の指先を絡《から》める。いつもより甘い声で「パール」とその名を呼んで、金色の瞳を見つめる。

それだけで、パールの心音は加速する。

「やっと、堂々とパールの隣に立っていられる」

「……っ！　み、耳元で喋るでない‼」

「ああ、ごめん」

初々《ういうい》しいパールの反応が可愛《かわい》くて、クレイルはそれだけで心が満たされる。今まで見ることのできなかったパールの一番近くに、自分がいる。

その事実だけでもう、今まで苦労したアプローチなんてどうでもよくなってしまう。

「まったく！　クレイル、おぬしはもっと積極的になっていいのじゃ！」

「パール……。そんなこと言われたら、調子に乗るよ？」

「乗ったらいいのじゃ」

普段は自信満々のくせに、ことパールに関してはどうにも弱気なクレイルだ。けれど、パールにいい返事をもらえた今――もう少し、調子に乗ってもいいようだ。

「……頭を撫でてもいい？」

「それくらい、好きにせい」

別にいちいち許しを取る必要もないと、パールは告げる。

「じゃあ……」

パールの許可を得たクレイルは、そっとパールの頭に触れる。さらさらの髪《かみ》が手のひらに触れて、なんともいえない心地《ここち》だ。

「……幸せだね」

「まったく、安い幸せじゃな」

パールはそう言って笑い、自分もと背伸《せの》びをしてクレイルの頭に手をのばそうとし――

「やっとくっついたのか」

――という、キースの声。

「…………っ!?」

思いがけない相手の出現に、パールは固まる。

「よかったなぁ」

なんてのんきにキースは言うけれど、いちゃいちゃしているところを見られてしまったパールはそれどころではない。

恥ずかしい。

意味がわからない。

覗《のぞ》きか？

クレイルの頭を撫でる前でよかったかもしれないとか、結局撫でようとしていたのだから同じことだとか、そもそも自分はクレイルに頭を撫でられている……と、パールの頭の中はぐちゃぐちゃだ。

わかっていることは、パールがクレイルと、ティアラローズとアクアスティードのようにいちゃいちゃしようとしていたという事実だ。

そう考えると、一気に顔が熱を持つ。

――わ、わらわはあの二人みたいにあそこまではれ、はれ……っ、

「〜〜〜ハレンチではないっ‼」

パールが叫《さけ》んだ瞬間《しゅんかん》、体が海の色に輝《かがや》き、しぶきが上がって――その魔力が、爆発してしまった。

木々は水をかぶり、空に流れる星が落ちて来てしまいそうなほどの勢いだ。

「っ、パール⁉」

「は⁉」

クレイルとキースが慌てるが、時すでに遅《おそ》し。

パールの爆発した魔力は、周囲を歪《ゆが》ませてしまった――。

クレイルがパールを呼び出し告白しようとしていたのと同時刻、ティアラローズはアクアスティードと二人、星が降るところを見ていた。

場所は王城の裏手にある同じ山だが、クレイルたちがいたところよりは裾《すそ》の方に位置している。


きらきら降り注ぐ星を見ていると、ティアラローズは嫁《とつ》ぐ前のことを思い出した。

まだ実家にいたころ、こっそりやってきたアクアスティードが、自身の力を使って今と同じ光景を見せてくれたことがあるのだ。

あのときのどきどきとわくわくは、一生忘れることのないティアラローズの大切な思い出になっている。

ティアラローズはアクアスティードに寄《よ》り添《そ》い、王城に残してきたルチアローズのことを話す。

「ルチアにも見せたかったですね、この光景」

「そうだね。もう少し大きくなったら、きっと起きて一緒《いっしょ》に見ていられるようになるよ」

そうしたら、親子三人――もしかしたら、生まれてくる赤ちゃんも一緒に見ることができるかもしれない。

「明日、来年だけじゃなくて……もっと先まで楽しみがあるというのは、いいですね」

「そうだね。毎日ティアラが隣にいて、可愛い娘《むすめ》もいて、さらに家族が増えるんだ。時間がどれだけあっても足りなさそうだ」

一緒に遊んで、出かけて、たまには旅行をして。やりたいことがありすぎて大変だと、アクアスティードは笑う。

「確かに、それでは時間がいくらあっても足りませんね」

ティアラローズはくすくす笑い、そっとアクアスティードの手を取る。今、この時間もとても大切なものなのだと自覚したら……どうしても手を繋《つな》ぎたくなってしまったのだ。

アクアスティードも同じ気持ちだったようで、ぎゅっとティアラローズの手を握《にぎ》り返してくれる。

二人で顔を見合わせて微笑んで、丁度いい岩があったのでそこに座ることにした。

ティアラローズはアクアスティードが敷《し》いてくれたハンカチの上に腰《こし》を下ろし、空を見上げる。だけどまだ、手は繋いだままだ。

「……綺麗《きれい》」

ぽつりとつぶやき、空を見上げているティアラローズ。けれど、アクアスティードの視線はティアラローズに向けられたまま。

星空よりティアラローズを見ている方がいいと告げたら、怒られてしまうだろうか。なんて、そんなことを考えてしまう。

しかしふいに、ティアラローズはアクアスティードの視線に気付いてしまった。じっと見つめてくる瞳に、どきりとする。そして、お約束だとでも言わんばかりにアクアスティードの顔が近づいてくる。

「あ、あくあ……」

名前を呼んでみるものの、その程度で止まってくれるわけもなく。ティアラローズの唇は、あっけなくアクアスティードに奪《うば》われてしまう。

——星を、見に来たのに。

そう思いながら、嬉しくて受け入れてしまう自分も自分かもしれないと、ティアラローズは思う。

それに……。

——アクアの瞳、星よりもずっと……綺麗。

細められたアクアスティードの金色の瞳は、どんな星空の輝きよりも美しいと思う。

それと同じことを、ティアラローズの瞳を見たアクアスティードも思っていたりするけれど。

「……ん」

「ティアラ、もっ――⁉」

言葉を続けようとしたアクアスティードは、突然《とつぜん》海の魔力を感じて顔を上げる。今まで感じたことのないような、大きなものだ。

それはティアラローズも同じだったようで、慌てて周囲を見回している。

「アクアっ」

「何か……起こってるみたいだ」

アクアスティードはティアラローズを抱きよせて、警戒《けいかい》する。しかし感じるのは、膨れ上がっていく海の魔力だ。

パールに何かあったのだろうか？　という考えが脳裏《のうり》をよぎるが、すぐに判断することは難しい。まずは王城へ戻り、安全を確認《かくにん》するのがいいだろう。

そう、考えたのだが――

「――っ、どんどん魔力が大きくなって……っ！」

「ティアラ‼」

このままではやばい――アクアスティードがそう思った瞬間、近くで海の魔力が爆発したのを感じた。

頬に触れる柔《やわ》らかな感触《かんしょく》と、緑の匂《にお》い。

朝露《あさつゆ》が指先に落ちてきて、そのひやりとした感触に、わずかに体が反応する。しかし、彼女の目が開くことはない。

淡《あわ》い緑の草の上に横たわる姿は、触れてはいけないような神秘的なものを感じる。


そんな彼女の下に、森の妖精たちがやってきた。

『あれれ～？　もしかしてティアラじゃない？』

『森の中でお昼寝《ひるね》なんて、どうしたんだろう？』

『とりあえずお花のベッドでも用意しちゃう？』

『それいい～！』

きゃらきゃら笑って、妖精たちは花のベッドを用意する。すやすや眠るティアラローズは、まるで眠《ねむ》り姫《ひめ》のようだ。

『でも、なんか変？』

『とりあえず王様にお知らせする？』

妖精たちは相談すると、『そうしよ〜！』とその場を飛び去った。

「んん、ん……？」

まどろんでいた意識が浮上《ふじょう》し、ティアラローズは何度か瞬《まばた》きを繰《く》り返《かえ》す。しかし思いのほか瞼《まぶた》が重く、もう少し寝《ね》ていたい気持ちになる。

——ルチアの声は、聞こえない。

であれば、まだ寝ているのだろう。

腕を少し動かしてみるが、隣で寝ているはずのアクアスティードの気配はない。

星祭りがあるため、最近は朝が早い。起きて見送りたいのだが、アクアスティードの方が早起きの上に、ルチアローズの子育てで疲《つか》れているからと、起こしてもらえないのだ。

それならば、ティアラローズがもう少しだけ夢の世界へ戻っても大丈夫かもしれない。

しかし「あ、動いたっぽい？」「ああもう、リオがうるさくするからじゃないか？」という見知らぬ男性の声が聞こえて一瞬《いっしゅん》で眠気《ねむけ》が吹《ふ》っ飛《と》んだ。

ティアラローズが目を見開いて、最初に飛び込んできたのは柔らかな光だった。

朝露に輝く木々の隙間《すきま》から差し込む光と、心地よい風。天井《てんじょう》部分が木の枝と葉でできており、さらには壁《かべ》も生えたままの木を利用している。

自分が寝ている場所は、いつもの夫婦《ふうふ》の寝室《しんしつ》ではなくて、植物で作られた不思議な建物だった。いや、建物というよりは森の妖精たちの憩《いこ》いの場のような印象だろうか。

ティアラローズが体を起こすと、スープの香りが鼻をくすぐった。

「おはようございます、気分はいかがですか？」

次に、穏《おだ》やかで優《やさ》しい声が耳に届く。安心できるその声は、まるでアクアスティードのようだと思い――ハッとする。

まずは自分の状況《じょうきょう》を把握《はあく》しなければいけない。

「わたくし、いったいどうして……!?　確か、アクアと二人で星を見ていたはずなのに」

「大丈夫ですよ、落ち着いてください」

ティアラローズが焦ると、声の主は安心させるように微笑んだ。

目を覚ましたティアラローズの前にいたのは、二人の青年だった。年齢《ねんれい》は十代後半といったところだろうか。

ティアラローズに声をかけてきてくれたのは、アッシュピンクの髪色の青年。もう一人、アッシュブルーの髪色の青年は暖炉《だんろ》に薪《まき》をくべてスープを作っている。

――知らない人だわ。

思考が追いつかないが――目の前にいる二人が助けてくれたのだということは、かろうじてわかる。同時に、悪人ではないということも。

なぜならば、ティアラローズの体は暖かい毛布でくるまれ、二人の側《そば》に森、空、海の妖精たちがいたからだ。悪人には、ここまで懐《なつ》かないだろう。

――そうだわ、海の魔力が大きくなっていって……。

そこまでは覚えているけれど、その先の記憶《きおく》がない。おそらく、海の魔力にあてられたショックか何かで気絶してしまったのだろう。

ティアラローズが体を起こそうとすると、アッシュピンクの髪の青年が「そのままで」と制す。

「まだ体が辛《つら》いでしょう？」

アッシュピンクの青年は、無理はしないでくださいと優しい笑顔で微笑んだ。

「助けていただいて、ありがとうござ……い、ます」

「……いいえ。無事でよかった」

ティアラローズは最後までお礼を言えた自分を内心で褒《ほ》め、誰にも気づかれない程度に小さく、息を呑《の》む。

その理由は、青年の瞳の色が金色だったからだ。正確には金色と水色のオッドアイ。アクアスティードや、妖精王たちと同じ金の色は――

――金色の瞳は、王の証《あかし》のはず。

彼らがマリンフォレストの人間であれば、ティアラローズが知らないはずがない。貴族の家名はすべて覚えているが、それよりも金色の瞳の人物なんて忘れるわけがないからだ。

しかし、ティアラローズの考えがまとまるまで相手が待ってくれるはずもない。

アッシュピンクの髪の青年は、「体が冷えるといけませんから」と自分の上着をティアラローズにかけてくれた。

「……ありがとう」

「私はルカといいます」

アッシュピンクの髪の青年が自己紹介《しょうかい》すると、もう一人の青年もやってきた。

「俺はリオ。スープができたので、食べられそうなら」

優しく柔らかな声の青年、ルカ。

アッシュピンクの髪と、左目が水色、右目が金色のオッドアイ。

綺麗な顔立ちをしていて、落ち着いた雰囲気には安心感もある。しかしそのにこやかな表情からは、何を考えているか読めない。

白を基調としたローブ仕立《じた》ての騎士《きし》服に身を包んでいる。左手には月をモチーフにした腕輪《うでわ》をつけている。

スープを作ってくれた青年、リオ。

アッシュブルーの髪と、左目が金色、右目が水色のオッドアイ。

ルカと同じ顔立ちだけれど、こちらは表情から考えていることがわかりやすい。今は少し緊張《きんちょう》しているのだろうということが、見て取れる。

黒を基調とした騎士服に身を包み、右手には太陽をモチーフにした腕輪をつけている。

「わたくしは……ティアラローズ。ありがとう、いただくわ」

「どうぞ」

王族であることは告げずに、自身の名前のみで自己紹介する。けれど二人は、家名がないことには特に反応を示さなかった。

服装や外見から貴族であることはわかるのだが、あまり気にしていないようだ。

差し出されたスープは、野菜、キノコ、お肉と、とても具沢山《ぐだくさん》なものだった。一口飲むと、体が芯《しん》から温まり、ほっとする。

──美味《おい》しい。

冷えてしまっていた体が温まると、気持ちが落ち着いてくる。まずすべきことは、現状確認だろう。

ルカとリオも近くの椅子《いす》に座って、スープを飲み始めた。食事をしながらでは行儀《ぎょうぎ》が悪いかもとも思ったが、ティアラローズは口を開く。

「あの……ここはどこかしら？　ごめんなさい、状況があまりわかっていなくて」

「別に謝ることじゃない──、です。誰だって、起きたときに知らない場所にいたら焦りますからね」

ティアラローズの言葉を聞き、リオが今の状況を説明してくれた。

「数時間前、ですかね。俺たちは山を歩いていて、倒《たお》れている貴女《あなた》を見つけたんです。とはいっても、花のベッドに寝かされていましたけど」

そう言ったリオは、そのときの光景を思い出したのか、ははっと笑う。

「そうだったの……」

どうやら、ティアラローズを最初に助けてくれたのは森の妖精のようだ。そのことは先に、お礼を言わなければならない。

部屋を見回すと、丁度壁になっている木の幹の部分、生えている木の枝で森の妖精がのんびりしているところだった。

「ありがとう、森の妖精たち」

『おやすいごよう！』

『ティアラが元気になってよかった〜！』

森の妖精たちはきゃらきゃら笑い、『そろそろお花の世話をしなきゃ！』と窓から出て行ってしまった。

それを、空と海の妖精も追いかけて行った。

「あら……」

これでは本当にただお礼を言っただけになってしまった。一瞬のできごとにティアラローズがぽかんとすると、ルカがくすくす笑った。

「妖精たちは気まぐれですからね」

「……本当に。ええと、ルカ様——」

「ルカと、どうぞ呼び捨ててください」

ティアラローズが呼び方に戸惑《とまど》いつつ、服装から敬称《けいしょう》に様を選んだが、すぐに訂正《ていせい》されてしまった。

「わかったわ、ルカ」

「はい」

ティアラローズが敬称をなくすと、ルカは嬉しそうに目を細めた。そして、リオの説明の補足を口にする。

「そういうわけでして、私たちはあなたが倒れていた理由などは知らないんです。ここはどこかという質問は……マリンフォレストの山、と答えられたら簡単なんですけどね」

「それは、違う……ということ？」

ルカの答えを聞き、ティアラローズの背中を嫌な汗《あせ》が伝う。つまりそれは、ここが単なるマリンフォレストの山ではないということだからだ。

——でも、わたくしはアクアと一緒に山で星を見ていた。

それはまぎれもなく、王城の裏手にある、マリンフォレストの山だ。加えて、ここがマリンフォレストであるということは、先ほど見た妖精たちの存在でもわかる。森、海、空の妖精がいるのはマリンフォレストだけのはずだ。

マリンフォレストだけれど、マリンフォレストではない。まるで、何かに化かされているみたいで、落ち着かない。

——いったいどうなっているの？

自分の足で確認してみた方がよさそうだと、ティアラローズは考える。

そしてもう一つ、いや、これが一番重要だろうか。

「……わたくしと一緒に、男の人がいなかったかしら？　もしかしたら、同じように気を失っていたかもしれないわ」

今、気がかりなことは――アクアスティードとルチアローズのことだ。

ルチアローズは王城で寝ていたので、自分のような状況に陥ってはいないだろう。ティアラローズがいなくて泣いているかもしれないけれど、フィリーネが一緒にいてくれるので安心ではある。

――でも、早く帰って抱きしめてあげたい。

アクアスティードは――一緒にいたはずなのに、目覚めてから姿を見ていない。ティアラローズと同じように、ルカとリオに保護してもらえていたらいいのだが……。

しかし、ルカとリオは首を傾げた。

「いいえ、見つけたのはあなただけです」

「妖精たちも何も言ってなかったから、ほかには誰もいなかったはずだ」

「そんな……すぐに捜《さが》しにいかないと」

自分と同じように助けてもらえたかも……という望みは、消えてしまった。一緒にいたはずなのに、どうしてバラバラになってしまったのだろう。

――どこにいるの、アクア……。

ティアラローズが深刻な表情になると、ルカとリオは焦った表情で顔を見合わせる。

「この山……国は平和ですから、その方も無事だと思いますよ。ですから、どうか気をしっかり持ってください」
「俺《おれ》たちも、捜してみますから」
「あ……っ、ありがとう、二人とも。会ったばかりなのに、こんなによくしていただける
なんて」

ティアラローズは肩《かた》の力を抜いて、ゆっくり深呼吸する。

──アクアなら絶対に大丈夫。

自分が無事だったのだから、アクアスティードが無事でないわけがない。今はそう信じるしかない。

本当はすぐにでも飛び出してアクアスティードを捜しに行きたいが、お腹の中には小さな命が宿ったばかりだ。

ティアラローズは、この命を守らなければならない。

気付かないふりをしたかったけれど、体にはだるさがある。おそらく、山の中で倒れていたことと──意識を失う前に感じた、海の魔力も関わっているのだろう。

──もう少し休んで、落ち着いたらアクアを捜しに行こう。

すぐに捜しに行けないことが、もどかしい。

ティアラローズがきつく自分の手を握りしめるのを見て、ルカとリオは困ったように眉《まゆ》を下げる。

体力を消耗《しょうもう》している上に、一緒にいた人が行方《ゆくえ》不明になっているのだから、もちろんその辛さは想像できる。しかし、これでは本当に倒れてしまいそうだ。

——顔色だって、よくないのに。

ルカは気づかれないように小さく息をついて、場の雰囲気を切《き》り替《か》えようとティアラローズに明るい話題を振《ふ》った。

「ここは森の中にある……本当は内緒《ないしょ》ですけど、私たちの秘密基地なんですよ。だから安心して、まずは体力を回復してください」

「……だな。食べ物や飲み物もあるので、休憩《きゅうけい》にもちょうどいいです」

「秘密基地だったのね。……なんだか、わくわくしちゃう響《ひび》きね」

言われてみると、植物で作られていることもあってとても秘密基地っぽい。普通《ふつう》の建物の作りではないので、見ているだけで楽しい。

「もっぱら、ルカが誰にも邪魔《じゃま》されずに昼寝をするときに使ってるんですけどね！」

「リオ、なんてこと言うんだ……！」

「あら……」

ティアラローズが笑顔になったのを見て、ルカとリオはほっとする。

「やっぱり神妙《しんみょう》な表情より、笑顔がいいですね。紅茶でも淹《い》れましょうか」

「スープだけだと足りなかったでしょうし、その間に俺はスコーンの用意を」

「えと、あ、ありがとう」

ルカとリオが立ち上がってきぱき動き出すと、ティアラローズは戸惑いつつもお礼を言った。

その表情は先ほどよりも幾分《いくぶん》か顔色がよくなったので、ルカとリオはよかったと胸を撫でおろした。


用意してくれたのは、アールグレイの紅茶に、キイチゴのジャムと生クリームが添えてあるスコーン。

木のお皿とフォークにナイフは、温かみがある。ここにもちょっとした秘密基地っぽさがあるなとティアラローズは思う。

「わあ、美味しそう」

「甘いものを食べると、元気が出ますからね」

「そうね」

ルカの言葉に、ティアラローズは微笑む。確かに、甘いものがあれば元気が出るし、頑《がん》

張《ば》ることができる。

大変な仕事が待っているときなどは、頑張るために甘いものを食べるのが大切だ。

頷いたティアラローズを見て、リオも笑う。

「母が、いつも言っていたんです」

「そうそう。お菓子《かし》が好きなんですよ」

「そうだったの。きっと、素敵《すてき》なお母様なのね」

二人の母親に会うことができたら、きっとスイーツ友達になれるだろうとティアラローズは思う。

ティアラローズは、ルカとリオをちらりと見る。美味しそうにスコーンを食べている姿はどこか子どもっぽさが残っており、なんだか放っておけない気持ちになる。

二人は顔立ち、背丈《せたけ》、すべてが似ている。

着ている服も、形こそ違うがデザインが共通した部分もあり、合わせているのだということがわかる。

「二人は……双子《ふたご》なのかしら」

「そうですよ。私が兄で、リオが弟です」

「仲良しなのね」

ティアラローズの言葉に、ルカとリオは頷いた。

「お母様はお家《うち》に？」

「母は今、父と旅行に行っているんですよ。帰りはいつになるか……」

「それは素敵ね」

どうやら仲睦《なかむつ》まじい夫婦のようで、のんびりしてくると言っていたのでかなり長い旅行になりそうなのだとルカは笑う。

――仲良し夫婦なのね、楽しそうだわ。

ティアラローズとアクアスティードは、王と王妃《おうひ》ということもあり、旅行に行く機会がなかなか作れない。

外交や諸事情で行ったことがある国も、片手で足りるほどだ。

いつか、もっと落ち着くことができたら。

――世界一周旅行をしてみたい。

なんて、そんな夢のようなことを考えてしまう。

いつか何十年後か、子どもが大きくなって独り立ちすることができたのなら――そんな時間もできるかもしれないと、ティアラローズは思った。

「それで、父が母のために最上級の蜂蜜《はちみつ》を作るための花畑を作っちゃったんですよ」

「もちろん、蜂も用意して。蜂蜜はお菓子作りに必要だから、と」

「花畑を？　すごいわ」

ルカとリオがする両親の話に、ティアラローズは目を瞬《しばたた》かせる。

蜂蜜を探すのではなく、花畑から作ってしまうとは……。

――でも、花や蜂の種類によって蜂蜜の出来も違うというし……。

理想の蜂蜜を手に入れるなら、一番いいのかもしれない。ただ、それには時間や費用など、いろいろなものがかかるため、そう簡単にはできないが。

「きっと、とっても美味しい蜂蜜なんでしょうね」

「美味しいですよ。私はホットミルクに入れるのが好きですね」

「俺はホットケーキの方が好きだな」

「どっちも美味しそうね」

ティアラローズは二人の答えに微笑み、自分だったら何がいいだろうと考えてみる。クッキー、マフィン、タルト、使いたいものがありすぎて決められそうにない。

――二人の両親って、いったい何者なのかしら……。

ルカとリオという名前だけはわかっているが、家名を聞いてもいいのだろうか。最初に名乗らなかったことを考えると、聞かない方がいいような気がするのだ。

もちろんこれは単なるティアラローズの直感なので、二人の正体を明らかにしておいた方がいいに決まっているのだ。けれど……。

同時に、山の中で倒れていた自分を助けてくれた恩人に対して、そのような態度を取るべきではないとも思っている。

――ひとまず、もう少し様子を見ましょう。

どうにも、ティアラローズはルカとリオを前にすると、いつもの調子がでない。そんな気がした。


ルカとリオにお茶をご馳走《ちそう》になりながらゆっくりすることで、少しずつ体の調子も戻ってきた。ティアラローズはそろそろ行かなければと考える。

このまま山の中でアクアスティードを捜すか、一度王城へ戻るか。どちらにせよ、行動を起こさなければ始まらない。

ただ、ルカが言っていた先ほどの言葉を考えると……王城に何か起きているという可能性もなくはない。

――ぐだぐだ考えるよりも、自分の足で確認してみた方がいいわね。

「二人とも、助けてくれて本当にありがとう。後日、お礼をさせてちょうだいね」

「気にしないでください。当然のことをしただけですから」

「そうですよ」

ティアラローズが改めて礼を伝えるも、お礼の申し出には首を振られてしまった。

「……もう。今は急ぐから、お言葉に甘えさせてもらうわね」

「はい」

「でも、今度会ったときはちゃんとお礼をさせてちょうだい」

「そのときはぜひ」

次に会えるかはわからないが、そのときにお礼をする約束を取り付けた。

「じゃあ——っ！」

しかしふいに、立ち上がろうとしたティアラローズのお腹が痛み出した。

どうやら、先ほどの魔力爆発に当てられたせいで、赤ちゃんの魔力が不安定になってしまっていたようだ。

「——⁉」

「うぅ、痛……っ！」

お腹に手を当ててうずくまると、すぐにルカとリオがティアラローズの下へやってきて、支えてくれる。

「大丈夫⁉　かあ——」

「リオ！」

「……っ、ごめん。すぐに医者に診《み》てもらおう」

「はぁ、はっ、お腹、お腹が……っ！　あかちゃ……っ」

ティアラローズの呼吸は浅く繰り返されて、しかし自分のことよりもお腹の赤ちゃんが気にかかるようで、お腹を守るように体を小さくする。

しかしそのまま、気絶してしまった

「ああ。何かあるといけないから、ゆっくり運ばないと……」

ルカとリオは慌てながらも、ティアラローズをソファに横たわらせる。素人《しろうと》の判断で動かすのはよくないので、医者を呼んでくるのがよさそうだ。

今日は朝からいろいろなことが起きすぎて大変だと、ルカは忙《せわ》しなく医者を呼びに行く準備を始める。といっても、武器と鞄《かばん》を持つだけだけれど。

すると突然、秘密基地のドアが開いた。

「二人とも、やっぱりここにいた！　今日は午前から予定が……って、え⁉　ね――」

「しぃー‼」

やってきたのは、一人の男性。

男性が気絶するティアラローズに驚いて声をあげようとすると、慌ててリオが手でその口をふさぐ。

「彼女にさわるといけないから、静かにして‼　苦しそうなんだから、大声なんて出さないで‼」

「え、あ……う、うん」

男性が焦りながらも返事をすると、すぐにルカの声が飛んでくる。

「今はそれより、診て！」

「わかった！　ルカ様、どいてください」

男性はすぐにティアラローズの前で膝をついて、水魔法《みずまほう》を使う。静かで優しい水がティアラローズを包み込み、診察《しんさつ》を行っていく。

三人ともが真剣な表情で、室内に響くのは辛そうなティアラローズの声だけだ。しかしそれも、次第《しだい》に落ちついてくる。

水魔法が収まると同時に、ティアラローズの呼吸も穏やかなものになった。ひとまずこれで安心だろう。

男性は小さく息をついた。

「……原因は、外部から魔力の影響を受けたせいだね。そのせいで、お腹にいる赤ちゃんの魔力暴走が起きそうになってたみたいだ……」

「もう大丈夫？」

「ほかに必要な処置はない？」

ルカとリオが心配そうに問うと、男性は微笑んだ。

「落ち着いたから、もう大丈夫だよ。でも、赤ちゃんでこんなにすごい魔力を持ってるなんて……。いったい――あ」

「……ひゅー」

「……ぴゅー」

「口笛、吹けてませんよ……」

そう言って、男性は大きくため息をついた。


ルカとリオは、自分たちの部屋にティアラローズを運んできた。

体調不良のうえ妊娠《にんしん》しているのだから、きちんとした環境《かんきょう》で休ませなければならないと判断したからだ。

ベッドで寝かせ、これで安心だと一息つく。

「しかし本当に、どういうことでしょう？　ダレル、なんでかわかりますか？」

ルカは首を傾げて、先ほど秘密基地にやってきた男性――ダレルを見る。

「いや、私がわかるわけないでしょう……」

聞きたいのはこっちですと、ダレルは眉をハの字にする。

ルカは深く息をついて、ソファへ沈《しず》み込むように座った。リオはティアラローズが心配なようで、ベッドの横に椅子を置いて座っている。

「……彼女と会う少し前、海の魔力を感じました。その前は、ダレルも知っているでしょうけど、空の異変」

ルカは先ほど——ティアラローズと出会う少し前のことを思い出す。魔力を感じることは、どちらかといえばリオよりもルカの方が得意だ。

それを聞き、リオも思い出す。

「暴走したような魔力は気付いたけれど、あれは海の魔力だったのか」

「そうです。普段であれば、問題は起らなかったのでしょうが……今は、パール様が不在です」

本来であれば、何かあったとしてもパールがその干渉を相殺《そうさい》するなりしただろう。

しかし今、パールはは不在で、それができなかった。だから干渉をもろに受けてしまい、歪みができてしまったのだろうとルカは推測する。

「……急ぎ、父様と母様に手紙を出しましょう」

「でも、旅行の目的地はかなり遠くだったから……すぐには戻ってこれなさそうだな」

「ですね」

そう言いつつも、ルカは魔法で手紙を飛ばす。

「忙《いそが》しいところ申し訳ないけど、ダレルはもう少し彼女を見ててくれる？　もしかしたら、また苦しくなったりするかもしれない」

「もちろんです」

心配するルカの言葉に、ダレルは頷いた。

◆

意識が浮上し、ぼんやりと見知らぬ天井が視界に入る。数度瞬きを繰り返し、アクアスティードは大きく目を見開いた。

「……？　ここは――っ、ティアラ!?」

ばっと体を起こし、周囲を見回す。山の中で星を見ていたはずだというのに、どこかの屋敷の一室のようだ。

青を基調に調《ととの》えられた部屋と、高価な調度品。大きな窓からは太陽の光が差し込んでおり、かなりの時間意識を失っていたとわかる。

――城では、ない。

「すぐにティアラを捜しにいかないと……」

アクアスティードが慌てて体を起こすと、部屋にノックの音。しかし返事を待たずに、執事服《しつじふく》を着た中年の男性が入って来た。

その手には、ティーセットを持っている。

「ああ、起きましたか」

「——……！」

初めて見る顔だが、この男性を知っているような……そんな錯覚《さっかく》を覚える。いや、雰囲気だけ見れば、頭に浮《う》かぶ人物と同じだろう。

——でも、あの執事は私より少し上くらいの年齢だったはずだ。

間違《まちが》っても、こんなに年上ではなかった。

彼はそんなアクアスティードの考えを知ってか知らずか、優雅《ゆうが》に紅茶を淹れて「とりあえず落ち着かれては？」と差し出した。

「あ、ああ。……ありがとう」

アクアスティードは紅茶を一口飲み、体の力を抜く。そして、いったい何があってこうなったのか考える。

状況の整理をすることは、とても大切だ。勢いのままに行動しては、大切なことを見落としてしまうし、上手《うま》くいかないことが多い。

——確かあのとき、魔力の揺《ゆ》らぎのようなものを感じた。

アクアスティードも祝福をいただいている、海の——パールの魔力。

自分はきっと、それに当てられて気を失ってしまったのだろう。ティアラローズも一緒だったというのに、なんとも情けない。

「まずは助けていただいたことに、感謝を。ありがとうございます。それと……私の側に、女性が倒れていませんでしたか？」

もしかしたら、自分と同じようにティアラローズが保護されている可能性もある。が、男性は首を横に振った。

「いいえ、私が見つけたのはあなた一人だけです」

「そうですか……」

となると、ティアラローズはまだ山の中で気を失っている可能性がある。お腹に命だって宿っているのだ、最悪の最悪、命の危機だってあるだろう。

まずは一度エリオットと合流し、王城にティアラローズが戻っていないか確認を行い、戻っていなければ、その後すぐ捜索《そうさく》に入ろう。

——朝まで帰らなかったのだから、騎士たちが動いてはいるだろうが……。

それでも早く、自分の目で確かめなければ落ち着かない。

アクアスティードは急いで紅茶を飲み干し、執事に声をかける。

「すみません、妻を待たせているので私はもう帰らなくては。後日お礼をしたいので、名前を伺《うかが》っても？」

「お気を使わないでください。ですが、どうしましょうか……奥様《おくさま》と再会したとして、無事に帰れるかどうか……」

「……？」

男性の言葉に、アクアスティードは眉を顰《ひそ》める。

帰れない、なんて。そんなこと、あるわけがない。なぜなら、窓の外から王城が見えているからだ。

屋敷《やしき》を出られれば、すぐにでも帰ることができるだろう。

しかし男性は、困ったように微笑んだ。

◆

「うぅ……ん……ん～！」

体が落ち着いたためか、しっかり休息をとることができたからか、ティアラローズは比《ひ》較的《かくてき》気分よく目覚めることができた。

無意識にぐぐっと伸びをして、固まった体をほぐす。

しかしすぐ、自分の置かれた状況に目を見開いた。

「えっと、ここは……？」

山の中の秘密基地にいたはずなのに、寝ているのは豪華《ごうか》な天蓋《てんがい》付きのベッド。ベッドサイドには、軽食と水差しも用意されている。

ティアラローズが着ていたドレスは、ゆったりした夜着に代わっている。どうやら、誰かが着替《きが》えさせたようだ。

場所は——マリンフォレストの王城の一室……に見えるけれど、こんな内装の部屋をティアラローズは知らない。

戸惑いつつも体を起こすと、「お気づきになられましたか?」と女性の声が聞こえてきた。視線を向けると、ドレスを着た十代半ばの女の子が立っていた。

「わたくしはエレーネ。ルカ様とリオ様から、あなたを見ているように、と。二人とも、とても心配していたんですよ」

「二人から……? あ、わたくしはティアラローズ、です」

「ティアラローズ様ですね。失礼ながら、お着替えをさせていただきました」

エレーネはてきぱきと洗面用のお湯や着替えなどを用意してくれた。そして漂《ただよ》ってくるのは、紅茶のいい香り。

「気分はどうですか?」

「ええ、落ち着いているわ」

「それはよかったです。どうぞ、ベッドに腰かけたままで構いませんので、お顔を洗ってください」

用意してもらったお湯で顔を洗い、ティアラローズはほっと息をついた。

お腹に手を当て、ゆっくり深呼吸を繰り返す。ひとまず、自分でわかる範囲《はんい》では体調に問題はなさそうだ。

エレーネはティアラローズの体調が良好だとわかり、ほっとしている。

「医師を呼びますので、その間はゆっくりなさっていてください」

「……ありがとう。でも、ここはいったいどこなのかしら？　わたくし、誰にも何も告げていないから……きっと心配しているわ」

早く帰りたいと、そう伝えると……エレーネはどこか困ったように微笑んだ。

「ティアラローズ様のお気持ちは、よくわかります。今、ルカ様とリオ様が調べていますので、少しだけお待ちいただけますか？」

エレーネは紅茶を淹れて、その横にミルクと可愛い花の小瓶《こびん》に入った蜂蜜を用意してくれた。

「この蜂蜜は、ルカ様とリオ様のお父様が作られたものなんですよ。美味しいので、ぜひ召《め》し上《あ》がってください」

「ああ……二人が話していた蜂蜜ね。ありがとう」

しかしティアラローズが蜂蜜を手にした瞬間、窓の外から大きな爆発音がした。

第三章

月と太陽の双子

「――腹の探《さぐ》り合《あ》いをする気はない」

アクアスティードはため息をついて、自分の前でいけすかない笑《え》みを浮《う》かべている執事《しつじ》を見る。

この執事のことは知らないが、雰囲気《ふんいき》や顔立ちは知人にそっくりだ。というか、あんな奴《やつ》が二人もいてたまるかと、アクアスティードは思う。

「レヴィ、どういうことだ？」

「おや……よく私だとわかりましたね」

執事――レヴィの言葉に、アクアスティードはやはりと目を細める。別に、レヴィだと確信できる何かがあったわけではない。

しかしその風貌《ふうぼう》と雰囲気は、レヴィ以外の何ものでもないと思った。

「そんなにあっさり認められるとは思わなかった」

「別に隠《かく》し立《だ》てしているわけではないですから。まあ、あまり関わらない方がいいとは、オリヴィアが言っていましたが……」

「――オリヴィア嬢《じょう》もいるのか？」

「ええ」

アクアスティードの問いに、レヴィはにこりと頷《うなず》く。

何を隠そう、レヴィにアクアスティードの世話をするよう言いつけているのはオリヴィアだ。でなければ、助けはするがレヴィがここまで世話をすることはない。

「ですが、お会いすることはできません」

「………………」

きっぱり言い切るレヴィは、ここにきて一番鋭《するど》い目をしている。それは、レヴィが老《ふ》けていることとなにか関係があるのだろうか。

アクアスティードは探るように、「なぜ？」とだけ問うた。

しかし、その答えは意外にも簡単に、しかもあっさり返ってきた。

「ああ……鼻血を出されて倒《たお》れられたからです。今のあなたは、オリヴィアにとって目の毒です」

「え……っと」

予想していなかった答えに、アクアスティードは戸惑《とまど》う。しかしよくよく思い返せば、確かにオリヴィアはしょっちゅう鼻血を出して大変なことになっていた。

——最近はそんなこともなかったはずだが……。

しかしそれはオリヴィアの努力の賜物《たまもの》で、昔は鼻血が出すぎていて大変だったのだ。今のアクアスティードの姿を見たら、耐性《たいせい》が薄《うす》れてしまっていてとんでもないことになる。

「そういうことですのでオリヴィアに会うことはできません」

「……なら、私はもう行く。早くティアラと合流しなければいけないし、ルチアのことも心配だ」

どうせこの執事は、これ以上の情報はよこさないのだろう。であれば、関わっているだけ時間の無駄《むだ》だ。

「わかりました。では、出口まで案内しましょう」

レヴィは「こちらへどうぞ」と、扉《とびら》を開けた。

◆

さあ、お茶を飲んで落ち着きましょう——というところで、突然《とつぜん》外から爆発音《ばくはつおん》が聞こえてきた。

ティアラローズとエレーネは顔を見合わせ、慌《あわ》てて窓から外を見る。爆発があったのは、どうやら敷地内《しきちない》のようだ。

「いったい何があったの⁉」

「わたくし、すぐに確認《かくにん》してまいります！」

「待って、わたくしも行くわ！」

エレーネが部屋から出ていこうとするのを引き留めると、「危険かもしれません！」と首を振《ふ》られてしまう。

「ティアラローズ様、どうぞ部屋でお待ちください。すぐに確認してまいりますから」

「……………でも、それだとエレーネが危ないわ」

確かに、妊娠《にんしん》もしているし、部屋で大人《おとな》しく待っているのがいいのだろう。でも、なんだか行かなければならないような、そんな胸騒《むなさわ》ぎがしてしまうのだ。

ティアラローズが窓から外を見ると、風が吹《ふ》いて爆風《ばくふう》が晴れてきたところだった。そこには、見知った青年が二人。

「ルカとリオ⁉」

「え、ルカ様とリオ様が⁉　あの二人は、また……っ！」

エレーネは窓の外を見ると大きくため息をつき、すぐに外へ行ってしまった。猛《もう》ダッシュだ。おそらく、ルカとリオのところへ行ったのだろう。

「ええと……わたくしはどうしようかしら」

一人になってしまった。

室内を見ると、ティアラローズが元々着ていたドレスはどこにもない。代わりに、ダークブルーのスカートに刺繍《ししゅう》がほどこされた美しいドレスがあった。おそらく、ティアラローズのために用意してくれたのだろう。

「とりあえず、着替《きか》えて追いかけましょう……！」

「ルカ様、リオ様、また魔法《まほう》を使ったんですか……！」

ティアラローズが着替えて現場に到着《とうちゃく》すると、頬《ほお》を膨《ふく》らませているエレーネと、彼女に怒《おこ》られているルカとリオがいた。

「んー、今度は上手《うま》くいくと思ったんですけどね」

「まだまだ制御《せいぎょ》が甘いか」

エレーネの言葉に、ルカとリオは笑う。が、エレーネは顔を真《ま》っ赤《か》にして怒っているので、ティアラローズはどうしたらいいか戸惑ってしまう。

とりあえず、柱の後ろに隠れて様子を窺《うかが》ってみる。

——また、っていうことは……日常《にちじょう》茶飯事《さはんじ》なのかしら。

なんとも無茶をする二人だと、ティアラローズは苦笑《くしょう》する。

わかったことは、今の爆発がルカとリオの魔法だった……ということだろうか。

「鍛錬場《たんれんじょう》ですから周囲への被害《ひがい》はないとはいえ、急な爆発はみなが驚《おどろ》きます！」

「うん、気をつける……あ」

ティアラローズが少し離《はな》れたところから見ていると、ルカと目が合ってしまった。気づかれたようだ。

ルカは驚いたように目を見開いたが、すぐにエレーネを見て苦笑した。

「部屋でゆっくりしていただきたかったんですが……事件を起こしたのが私たちなので、何も言えませんね」

「ごめんなさい、二人が見えたから気になってしまって……怪我《けが》はないの？」

ルカとリオは顔にちょっと煤《すす》がつき、服も汚《よご》れが目立つ。血が滲《にじ》んでいるようなことはないが、爆発したのだから心配だ。

「ええ、怪我はありません」

「怪我は全く！　大丈夫《だいじょうぶ》ですよ」

ルカは微笑《ほほえ》み、リオは元気だということをアピールするように、ジャンプし体を動かしてみせた。

「よかった」

ひとまず二人が無事であることを確認し、ティアラローズはほっとする。しかしその横で、エレーネが口元を手で押さえて顔を青くしている。

「わたくし、ティアラローズ様をお部屋に置いて来てしまって……！　申し訳ございませんっ!!」

「やだ、大丈夫よエレーネ。わたくしはもう元気だもの」

「ティアラローズ様……」

涙《なみだ》ぐむエレーネに、ティアラローズは微笑む。少しの距離《きょり》を歩いただけなので、そこまで大事になるようなことはない。

当てられた海の魔力《まりょく》も、お腹《なか》も、今は落ち着いている。

ルチアローズの妊娠のときも同じようなことがあったため、赤ちゃんの魔力に関しては多少の慣れもある。

「……とりあえず、部屋へ戻《もど》りましょう。体調が落ち着いているとはいえ、また崩《くず》してしまったら大変ですから」

「それがいい」

「ありがとう」

ルカとリオのエスコートで、ティアラローズは部屋へ戻った。

部屋に戻ると、エレーネが紅茶を淹《い》れてくれた。それから、簡単につまめるようにと、一口サイズのスコーン。

秘密基地でルカが用意してくれたものと、同じ味だ。美味《おい》しくて、自然と頬が緩《ゆる》んで体から余計な力が抜《ぬ》けていく。

――やっぱり大変なときはスイーツね！

紅茶を飲んで一息つくと、ルカとリオが爆発の理由を話してくれた。

「実は今、ちょっとした異変が起きているんですよ」

「異変……？」

ティアラローズが眉《まゆ》を顰《ひそ》めると、ルカが頷く。

「始まりは、今日の朝……ですね。空が、色を変えたんです」

この国の空は――美しい。

空の妖精《ようせい》王クレイルと妖精たちがいるため、空はどこまでも澄《す》み渡《わた》り、夜になると満天の星を見ることができる。

その空気を体いっぱいに吸い込むと、心が落ち着く。

窓の外へちらりと視線を向け――特に、異変なんてないようにティアラローズは思う。

「こんなに美しいのに……？」

「ええ。今は落ち着いているので、いつもの美しい空です」

けれど、ルカの話によると、朝方に空が鈍色《にびいろ》になり、黒い雲から凶暴《きょうぼう》な鳥が襲撃《しゅうげき》してくる……ということがあったのだという。

ティアラローズが眠《ねむ》っている間には、雷雨《らいう》があったらしい。それは突然やってくるので、まったく予測できないようだ。

今まで見たことのなかった鳥への対処は大変で、騎士《きし》たち総出で当たっている。

誰《だれ》もその鳥を見たことがなかったため『鈍黒鳥《にびこくちょう》』と名称《めいしょう》をつけたが、羽を飛ばしたり、風の魔法を使いこちらを攻撃《こうげき》してくる。なかなか厄介《やっかい》な相手だ。

「異変は起きてますけど、まだ大きな被害は出ていません。騎士に、何人か怪我人が出たくらいですかね」

リオが騎士たちの状況《じょうきょう》を説明し、それにルカが頷く。

「私たちは今、それの対処に追われているんです。——ああほらきた、あの鳥です」

「鈍黒鳥め」

「え……？」

ルカとリオの言葉に空を見上げると、一羽《わ》の鳥——鈍黒鳥が『キュイ——』と鳴いた。

それは赤い色をし、風切り羽の先が黒く、尾羽が長い白色の鳥だった。それが複数羽、空の青を遮《さえぎ》っている。

思わず、背筋にぞっとしたものが走った。

「あんな鳥、鈍黒鳥なんて見たことないわ……」

「はい。私たちも、知りませんでした」

困ったものですねと、ルカがソファから立ち上がる。

「さすがに放っておくわけにはいきませんから、ちょっと失礼します」

「え？」

いったい何をするつもりなのかと、ティアラローズは戸惑う。ルカは、壁《かべ》に掛《か》けられていた弓へ手をのばした。

――まさか、ここからあの鈍黒鳥を射るの？

ティアラローズがはらはらしていると、リオが「大丈夫ですよ」とルカを見た。

「空にいる相手なら、騎士たちに任せるより早いですから」

リオがそう告げるのと同時に、ルカが流れるような動作で弓を引き、放った。

そして矢は山なりに飛んでいき、いとも簡単に鈍黒鳥を射た。

あまりに一瞬《いっしゅん》のできごとで、ティアラローズは驚きを隠せない。こんなにすごい名手は、見たことがない。

しかし、ルカ本人は何とも思っていないようだ。

「これでよし、と。すみません、話の続きをしましょうか」

「あ、はい……」

にこりと微笑むルカに、随分肝《ずいぶんきも》が据《す》わっているようだとティアラローズはあっけにとられつつ頷いた。

ルカが射落とした鈍黒鳥は、騎士たちが集まり対処してくれているようだ。

そして話は先ほどの続きに戻る。

「爆発したのは……私とリオの魔力量が、とてつもなく多いからです」

「魔力量が？」

「はい」

詳《くわ》しく話を聞くと、ルカとリオは普段《ふだん》魔法を使うことはほとんどないのだという。先ほどのように、魔力が爆発してしまうからだ。

リオは見やすいように袖《そで》をまくって、腕輪《うでわ》を見せてくれた。

「普段は、これで自分たちの魔力を抑《おさ》えているんです。なかなかコントロールが上手くいかなくて、つけてないと暴走してしまって……」

「成長とともに、まだ魔力が増えてるんですよね」

とどまるところを知らないようですと、ルカとリオが笑う。

「ただ、つけていると……私たちの本来の力も使うことができないんです。今まではあまり気にしてはいなかったのですが、今の状況では、そうも言っていられませんから」

守るために必要なのだ、と。

腕輪がない状態で魔法を使うと、制御ができず爆発してしまう。

腕輪をした状態で魔法を使うと、威力《いりょく》は出ないが発動することができる。

——ということのようだ。

つまり、ルカとリオは腕輪を外し、本来の力を制御できるように訓練し——度々《たびたび》爆発をしている、ということ。

二人の話を聞き、ティアラローズはルチアローズのことを思い出す。自分の娘《むすめ》も、魔力がとても多くて苦労したからだ。

ルチアローズも今は落ち着いているけれど、大丈夫だと楽観してばかりはいられない。

「何か力になってあげられたらよかったのだけれど、わたくしもそういった方法は知らないの。色々調べはしていたのだけれど……」

あまりいい方法はない。

指輪のアイテムを作って魔力を吸わせたこともあるが、きっとルカとリオの魔力に指輪は耐《た》えることができないだろう。

というか。

「その腕輪、すごいわね」

魔力を抑える腕輪なんて、ティアラローズは聞いたことがない。

リオの腕輪をまじまじと見ていると、ルカが自分の腕輪を見せながら説明してくれた。

「とある筋から手に入れた腕輪を、私が改良したんですよ」

「え、ルカが⁉ まだ若いのに、すごいわ……」

「若いといっても、もう十九ですよ？」

十分大人で、もう結婚《けっこん》していたっておかしくはない年だ。とはいえ、今のところそういった相手はいませんけれど、と笑う。

「私は魔法の研究が好きで、こういったものを調べたり分解したり、作ったり……いろいろやっているんです」

「寝《ね》るのも忘れて研究してることなんてしょっちゅうで、よく怒られてますよ」

「リオ、それは言う必要ないだろう？」

笑いながら一言付けたしたリオに、ルカが笑顔《えがお》で怒る。「ごめんごめん」と謝っているが、隣《となり》ではエレーネが頷いているのでみんなから夜更《よふ》かしを叱《しか》られているのだろう。

「ま、そんな話は置いておいて……」

ルカがジェスチャーでリオの膝《ひざ》に何かを置く仕草をして、窓の外を見た。

「――というのが、現状です。気候も不安定になりがちなので、妊娠していると体調を崩しやすくなったりするかもしれません。ここへお連れした際に医師に診《み》ていただきましたが、赤ちゃんも問題はないとのことでしたよ」

だからひとまず安心してくださいねと、ルカが微笑んだ。

「そうだったのね、ありがとう。お腹の子が元気であることが、一番大切だもの。よかったわ」

自分の体のことはよくわかっているとは思っていても、やはり医師に診てもらえていると安心する。

ティアラローズがふわりと微笑むと、「それは違《ちが》う」とルカとリオの声が重なった。

「あなたの体だって、同じくらい大切です」

「そうですよ。自分を一番大切にしてください」

「……そうね、ごめんなさい二人とも。まずは自分ね」

自分より年下だというのに、とてもしっかりした二人だ。ティアラローズは自分の言葉を反省し、自分のことを大切にすると頷く。

でなければ、ティアラローズのことを愛してくれるたくさんの人たちを悲しませることになってしまう。軽率《けいそつ》な発言だったと、謝罪した。

「そのためには、アクアと合流しないと……。ねえ、ルカ、リオ、エレーネ。ここのことを、もっとちゃんと教えてほしいの。見知ったマリンフォレストの王城かと思ったけれど……わたくしの記憶《きおく》とどこか違っていて……」

なんだか、不思議な世界に迷い込んでしまったような気分なのだ。

ティアラローズがこの場所のことを聞こうとしたとき、部屋にノックの音と「お客様です」というメイドの声が響《ひび》いた。

「……？　特に来客の予定はなかったはずですけど」

ルカは不思議そうに首を傾《かし》げつつ、席を立った。

ティアラローズは出端《では》をくじかれてしまった気分だが、紅茶を飲んで席で待つ。そして同時に、自分本位だったと申し訳ない気持ちに襲《おそ》われる。

ルカたちにいろいろ聞こうと思っていたけれど、よくよく考えれば二人にも予定があるかもしれないわけで……忙《いそが》しいかもしれない。

いや、空のこともあって間違《まちが》いなく忙しいだろう。

ルカの弓の腕《うで》は、ティアラローズが見た中でもかなり上位だったし、二人の魔力の大きさを考えると、かなりの地位についているはずだ。

すぐに時間を取ってもらうのが難しければ、ひとまずアクアスティードを捜《さが》しに行って、そのあとまた戻ってこよう。

ティアラローズがそんなことを考えていると、ふいに耳に——自分を呼ぶ愛《いと》しい声が届いた。毎日聞いていた、耳に馴染《なじ》んだその声。

無意識のうちに、大きく目を見開いた。

「ティアラ！　ああ……よかった、無事で」

「——っ、アクア！」

ティアラローズは慌ててソファから立ち上がり、アクアスティードの下へと駆《か》け寄《よ》る。一緒《いっしょ》にいたはずなのにはぐれてしまい、ずっと不安だった。

元気そうな様子に安心して、ティアラローズは体の力が抜けたのを感じる。すると、アクアスティードが優《やさ》しく抱《だ》きとめてくれた。

「あ……っ」

「っと、大丈夫？」

「……はい。アクアに会えたら、安心して気が抜けてしまったみたいです」

恥《は》ずかしいですねと、ティアラローズが苦笑する。けれど、アクアスティードからしてみれば、そんなのは可愛《かわい》らしいだけだ。

「本当によかった、アクアが無事で」

「——うん」

二人して、ほっと胸を撫《な》でおろす。

「それで……これはいったいどういうこと？」

「あ……っ、そうでした。わたくしったら、みんなの前で……っ！」

一気に羞恥心《しゅうちしん》が込み上げてきて、ティアラローズは赤くなった頬を両手で隠す。

「……新しく紅茶を用意いたしますから、落ち着きましょう」

エレーネの言葉に、ティアラローズは必死に頷いた。

「突然の訪問で申し訳ない。私はアクアスティード、ティアラローズの夫です。妻を助けていただき、ありがとうございます」

「いえ、当然のことをしたまでです。私はルカといいます」

「俺は双子《ふたご》の弟の、リオです」

「エレーネと申します」

全員が席に着いて、簡単に自己紹介《しょうかい》を行った。

次に、ティアラローズの現状をアクアスティードに伝えた。山で倒れているところを、ルカとリオに助けてもらったということだ。

もちろん、医者に診てもらい母子ともに問題ないことも。

次に、空に起きている異変。

これはルカとリオも把握《はあく》できていることがほとんどないので、どういった現象が起きているかをルカから説明してもらった。

「確かに、あんな空も、鳥も、初めて見た」

アクアスティードもここへ来る途中《とちゅう》で、鈍色の空を見たと話してくれた。しかし、その原因はまったくわからないと首を振る。

「天候に関してなら空の妖精王に何かあったのかと思うが、さすがに鈍黒鳥の出現は……聞いたこともない」

お手上げ状態のようだ。

それは、ルカたちも同じで。

「いろいろな文献《ぶんけん》を読みましたが、同じような事例はありませんでした。今も必死で調べてはいますが、なかなか……」

ルカは力なく首を振り、襲ってくる鈍黒鳥を倒すしかできないのだと告げる。

全員がどうすべきか答えを出せずに、しばし沈黙《ちんもく》が落ち……エレーネが申し訳なさそうに口を開いた。

「確か、ルカ様とリオ様は予定があったはずです。ティアラローズ様とアクアスティード様もお疲《つか》れでしょうし、とりあえず今はお開きにしてはいかがですか？」

「あ──そういえば、そうでしたね」

すっかり忘れていたと、ルカは苦笑する。その横では、リオが面倒《めんどう》くさそうな顔をしている。

「私たちの予定はまあいいとしても、あなたはもう少し休んだ方がいいですね。エレーネ、二人にゲストルームの用意をお願いします」

「はい」

ルカの指示に従って、エレーネが一度席を外した。

「か──ええと、ティアラローズ様はとりあえず健康第一で休んでください。何かあれば、声をかけてもらえたらすぐ行くので」

「ありがとうございます。ルカとリオには、お世話になりっぱなしね」

ティアラローズが申し訳なさそうにすると、リオはぶんぶんと首を振る。

「全然！　これくらい、大丈夫。というか、空のことでいろいろ不安にさせてしまってると思うけど……俺たちで解決してみせるから、大丈夫」

「頼《たの》もしいのね」

ぐっと拳《こぶし》を握《にぎ》って宣言するリオに、ティアラローズは微笑む。

アクアスティードもルカとリオを見て、「強いんだな」と笑顔を見せる。

「私で力になれることがあれば協力するから、いつでも声をかけてくれ」

「はい、ありがとうございます！」

するとちょうどタイミングよくエレーネが戻って来《き》た。

ティアラローズとアクアスティードはゲストルームに案内してもらい、ルカとリオは用事があるからとこの場を後にした。


エレーネに案内してもらったゲストルームに到着すると、ティアラローズは大きく深呼吸した。

さすがに、いろいろなことがあって体に力が入りすぎていたようだ。

用意してもらったゲストルームは、水色を基調とした落ち着いた部屋だった。

可愛らしい猫脚《ねこあし》の調度品に、壁には花の絵画。大きな窓の外はバルコニーになっていて、街を一望することができる。

続く隣の部屋は寝室《しんしつ》になっていて、すぐ横になることもできる。

「ティアラ」

「アクア……？　あっ、」

名前を呼ばれると、振《ふ》り向《む》きざまにぎゅっと抱きしめられた。

「さすがに、さっきは人が多かったからね」

「アクアったら……。でも、わたくしも……」

ティアラローズもアクアスティードの背中に手を回して、ぎゅっと抱きつく。会えなかったのはちょっとの間だけだったのに、こんなにも安心する。

アクアスティードの胸にぐりぐり顔をこすりつけ、ティアラローズは何度も「よかった」と口にする。

「二人で夏祭りの星を見ていただけだったのに、突然離れ離れになってしまって……どうなることかと思いました」

無事に会えてよかったと、ティアラローズは微笑む。

「さすがに、私も驚いたよ。目が覚めたらティアラがいなくて……気絶した自分の不甲斐《ふがい》なさがどうしようもない。ちゃんと助けてあげられなくて、ごめん……」

「そんな……。あれは、どうしようもありませんでした。それに、アクアはわたくしを捜してここへきてくださいましたし」

とても驚いたのだと、ティアラローズは苦笑する。

「わたくしもあのとき、アクアを捜しに行こうとしていたんです」

「ティアラが？　それは嬉《うれ》しいけれど……できれば待っていて。そうしたら、どこにいても必ず私が見つけ出すから」

「──！」

アクアスティードの言葉に、ティアラローズは頬を染める。

まるで、王子様に助けてもらうお姫《ひめ》様みたいだ──と。

──って、アクアは本当に王子様だものね。

けれど、ティアラローズだってアクアスティードのことが心配なのだ。捜しに行くくらい、いいのではないか……と、思ってしまう。

ティアラローズが顔を上げてちらりとアクアスティードを見ると、「ん？」ととびきり優しい顔で微笑まれる。

こんなの、嫌《いや》ですなんて言えるわけがない。

「……どこにいても、アクアのことを信じて待っています」

「うん」

ティアラローズの言葉を聞き、アクアスティードは目を細める。そのまま頭を撫でられて、頬に触《ふ》れられる。

「アクアの手、安心します。……でも、どうしてわたくしがここにいるとわかったんですか？」

ティアラローズの疑問はもっともだろう。マリンフォレストではあるが、自分たちの知っているマリンフォレストではないようなのだ。

ここだって、マリンフォレストの、ティアラローズが暮らしている王城だということは歩いてみてすぐにわかった。

――でもやっぱり、どこか違う。

建物が古くなっていたり、記憶と違う装飾《そうしょく》など。鍛錬場近くに植わっている花も、ティアラローズの記憶とは異なっていた。

「実は、とある人物にティアラがここにいると教えてもらったんだ」

「とある人物……」

誰だろうと、ティアラローズは首を傾げる。しかし、アクアスティードはその人物を教えるつもりはないらしく、口元に指をあてた。

「ティアラが言う通り、ここは私たちの知るマリンフォレストとは少し違うみたいだ。だから、不必要な干渉《かんしょう》は避《さ》けたいと言われたんだ」

「なるほど……」

確かに、何が起こるかティアラローズにはわからない。それならば今はアクアスティードの指示に従うのがいいだろう。

わかりましたと、素直《すなお》に頷いた。

話が一段落すると、アクアスティードが優しくティアラローズの頭を撫でてくれた。

「ティアラを撫でていると、なんだか落ち着く」

「わたくしは、どちらかというと今はそわそわします」

「そう？」

ティアラローズの答えに、アクアスティードはくすりと笑う。

とはいえ、ティアラローズだっていつもそわそわしているわけではない。ソファでくつろいでいるときに撫でてもらえたら、どきどきするよりは落ち着くし、安心して眠ってしまうことだってある。

アクアスティードの手は、頭から額、目元、頬と……いろいろなところに触れていく。

その手の温《ぬく》もりが心地《ここち》よくて、ティアラローズも自然と目を細めて……すると、同じように目を細めたアクアスティードの顔が近づいてくる。

「ん……」

軽く触れるだけの優しいキスだけれど、体中が満たされる。けれど、もっとほしくなってしまって……。ティアラローズは、「アクア」と名前を呼ぶ。

すると、いたずらっ子のような笑顔が返ってきた。

「どうしたの、ティアラ？」

「う……アクア、それはずるいです。……わかっているくせに」

「そうだね、ごめん」

アクアスティードは簡単な謝罪の言葉を口にして、もう一度ティアラローズに口づける。今度はその唇《くちびる》を堪能《たんのう》するように、もっと深く。

ティアラローズから甘い吐息《といき》がこぼれるのを合図に、アクアスティードはその体を横抱きにする。

「――！　っ、アクア？」

「母子ともに健康とは言われたけれど、疲れは溜《た》まっているだろうからね。お言葉に甘えて、少し休ませてもらおう？」

「あ……」

アクアスティードの足が寝室に向けられたのを見て、ティアラローズは頷く。確かに、ずっと気を張っていたこともあり、今は少しだけ眠くもある。

「ティアラが寝ている間、ずっと抱きしめていてあげる」

だから安心していいと、鼻先にキスをされた。

二人でベッドに横になると、ティアラローズはアクアスティードにぎゅっと抱きつく。

「落ち着く？」

「……はい。その、ずっと……というか今もですが、ここがどこだかわからなくて……。どうにも、落ち着かなかったんです」

　今も不思議な感じはあるけれど、アクアスティードが側《そば》にいてくれるだけでだいぶ違う。すぐに睡魔《すいま》におそわれることもなかったので、ティアラローズは思っていたことを口にする。

「ここ……わたくしたちが暮らしている王城……だと思うのですが、何かがおかしいんです」

　自分が見知った建物と、風景、けれど拭《ぬぐ》えない違和感《いわかん》がある。それから、生活している人々がティアラローズの知らない人ばかり。

　ティアラローズの言葉に、アクアスティードは苦笑する。実は、ここがどういう場所か薄々《うすうす》気づいているからだ。

　レヴィが明確なことを口にしたわけではないが、推測することはできる。

「そうだね……。私はここじゃない場所で目が覚めたけれど、やっぱりティアラと同じように思ったよ」

「アクアも？」

「うん。この場所についてはもちろんだけど――それより、空の異変が気になるね」

「……はい。クレイル様なら、何か知っているのでしょうか？」

空の異変で真っ先に思い浮かべるのは、空の妖精王クレイルだ。

けれど、ティアラローズはクレイルから祝福をもらっていないため、彼とコンタクトを取ることが難しい。

アクアスティードであればクレイルの祝福を得ているので、確認することができるだろう。そうすれば、解決に近づけるかもしれない。

ティアラローズの言葉に、アクアスティードは「そうだね」と頷いた。

「ただ……どうにも、クレイルはこの周囲にいないみたいだ」

「え、クレイル様が……？」

「その辺も、何か関係しているのかもしれないね」

なかなか難しい問題が山積みだと、アクアスティードは苦笑する。

「ひとまず、私たちに危険はない。ティアラは山の中で倒れていたところを、ルカとリオに助けてもらったんだろう？　もう少し、ゆっくり休んで」

お腹の赤ちゃんにもよくないから、と。

「……はい」

アクアスティードに頭を撫でられて、ティアラローズは体から力を抜く。話をしていて目がさえてしまったかと思ったけれど、そんなことはなかったようだ。

「ルチア……泣いてないかしら」

何も告げないままルチアローズと離れて、もう一日が経《た》ってしまう。

「フィリーネが見てくれているだろうから、大丈夫。だから今は安心しておやすみ、ティアラ」

「……はい」

ティアラローズが素直に瞳《ひとみ》を閉じると、アクアスティードが頭を撫でてくれた。そして聞こえてくるのは、落ち着いたテノールボイスの子守《こも》り歌。

――アクアの、子守り歌だ。

気づくと、アクアスティードの腕の中でぐっすり眠ってしまった。

ざあああという雨の音で、ティアラローズの意識が浮上《ふじょう》した。

寝たまま首だけを動かして外を見ると、先ほどの晴れとは打って代わり、土砂降《どしゃぶ》りの雨。空を覆《おお》うような黒い雨雲のせいで、今の時間を推測することが難しい。

「ティアラ？」

ふいに名前を呼ばれて、後ろから抱きしめられた。その温もりに、体の力が抜けていくのがわかる。

　抱きしめられたまま器用に振り返ると、わずかに疲れの色が残るアクアスティードの顔があった。

「……ずっと起きていたんですか？　アクア」

「いや、少しは寝たよ」

「わたくしばっかり、休んでしまいましたね」

　ティアラローズはアクアスティードの頬に手を添《そ》えて、「ありがとうございます」と微笑む。

　ルカやリオたちはとても親切にしてくれているけれど、今の状況は分からないことが多すぎる。安易に眠ることができないのも、よくわかる。

「アクアも休んでください。今度はわたくしが起きていますから」

　お任せくださいと、ティアラローズが胸を張って微笑む。

「ありがとう、ティアラ。それじゃあ……お言葉に甘えて少しだけ」

　アクアスティードはそう言って、ティアラローズのことを優しく抱きしめて目を閉じる。

　どうやら、抱き枕《だまくら》の代わりのようだ。

　もちろん、抱き枕にしてもらえることは嬉しいのだが……さすがに今は駄目《だめ》だと、ティアラローズはアクアスティードの腕の中から抜け出そうとする。

──これじゃあ、わたくしまで寝てしまうわ！

起きていなければいけないのに、一緒に寝てしまう自信がある……！

ティアラローズは必死にもがいてみるが、思いのほかしっかりと抱きしめられてしまっていて抜け出すことができない。

「アクア、アクアっ！」

「ん……」

慌ててアクアスティードの名前を呼ぶが、すでに寝入ってしまっているようだ。

「え、もう寝ちゃってる……」

驚きつつも、普段はティアラローズの方が早く寝てしまうため、なんだか新鮮《しんせん》な気持ちにもなる。

──きっと、ずっと気を張ってくれたからね。

ありがとうと小さく呟《つぶや》いて、ティアラローズはアクアスティードの額にキスをした。


王城の裏手には、塔《とう》がある。

ルカが魔法の研究をするために使っていて、すでに私室のような扱《あつか》いになっているが。

大切な書物や危険な道具類もあるため、入り口には魔法がかかっており、ルカの許可がなければ中に入ることはできない。

リオは塔を見上げて、「まーた研究に没頭《ぼっとう》してるな……」とため息をつく。

下手《へた》をしたらノックに気づかないことも多々あるのだが、幸いなことに今日はすぐにルカが顔を出した。

魔法の研究に夢中になると、ノックの音にも気づかないからだ。そのときは、出てくるまでなん十分もかかることもある。

いっそドアを破壊《はかい》した方がいいのでは？　と、本気で考えたこともあったほどだ。

「リオ？　どうかした？」

「エレーネが呼んでる。ティアラローズ様に、お菓子《かし》を準備したからお茶にしようってさ」

「わかった」

ルカはコートを羽織り、塔を出た。

エレーネが待つ部屋へ行くと、ワゴンにティーセットが用意されていた。

パステルカラーのマカロンと飴《あめ》細工のリボンでデザインしたマカロンタワーに、食べられる花をちりばめたクロカンブッシュ。カッププリンにはたっぷりの生クリームと、その上に大粒《おおつぶ》の苺《いちご》。タルトのケーキはレモンを使い、さっぱりした風味に仕上げてある。

その様子を見たルカとリオは、思わず「おぉ～」と声をあげた。

「これはすごいね……」

「でも、さすがにやりすぎじゃないか……？」

と、思ってしまうほどだ。

しかしエレーネは首を振り、「そんなことはありません！」と力強くリオの言葉を否定した。

「ティアラローズ様は不安でしょうから、甘いものをたくさん召《め》し上《あ》がって元気になっていただきたいんです！」

「まあ、確かにお菓子に目はないけど……」

「いいじゃない、好きなものを食べてもらえばちょっとは落ち着くよ」

「そうだな」

リオは頷いて、エレーネが用意したワゴンに手をかけ歩き出す。ティアラローズがいるゲストルームは、すぐそこだ。

「リオ様、それはわたくしが――」

「エレーネ、私たちが行くことは伝えてある？」

「──あ」

エレーネが自分の仕事だとリオに主張しようとしたところ、ルカから約束は取り付けているのかと問われ──していないことに顔を青くする。

「なら、お茶をしましょうと伝えて来てもらえる？　ただ、無理強《むりじ》いはしないようにね」

「わかりました。急いで確認してまいります！」

ドレスのまま駆けていくエレーネを見て、ルカとリオは顔を見合わせて苦笑した。

寝てしまう──そう思っていたティアラローズだったが、ぐっすり眠れたこともあり、起きていることができた。

それには、アクアスティードの寝顔《ねがお》を観察したりしていたからという理由も含《ふく》まれるけれど。

もう少し観察しようかなと考えていたら、ノックの音が響いた。どうやら、誰かが訪ねてきたようだ。

その音で、アクアスティードがぴくりと動いた。

「ん、来客……？」

「そうみたいです。ちょっと行ってきますね」

「いや、私が行ってくる。ティアラは待っていて」

アクアスティードはすぐに立ち上がって、上着を羽織って寝室を出る。すると、「エレーネです」という声が耳に入った。

ドアを開けると、少し息を切らしたエレーネが立っていた。

「待たせてしまったね」

「いいえ。ルカ様とリオ様の予定も終わりましたので、よろしければティータイムを……と思ったのですが、いかがでしょうか？」

お菓子もたくさん用意していますと、エレーネが微笑む。

「ありがとう。ティアラが喜びそうだから、ぜひお願いしようかな」

「はい！　すぐにこちらに準備させていただきますね。その前に、お二人のお召し替えのお手伝いもさせていただきます」

「なら、私は大丈夫だからティアラをお願いしていいかな？」

「お任せくださいませ！」

エレーネは近くのメイドにルカとリオにティータイムのことを伝えるように頼み、「失礼いたします」と部屋に入った。

すると、寝室にいたティアラローズもちょうど顔を覗《のぞ》かせた。アクアスティードとエレーネの会話が聞こえていたようだ。

「ティアラローズ様、よくお休みになられましたか？」

「ええ、とっても。ありがとう、エレーネ」

「よかったです。ティータイムの準備をしていますので、お着替えなどをお手伝いさせていただきますね」

エレーネはティアラローズを洗面所へ連れて行き、てきぱきと支度《したく》を整えてくれた。

顔を洗い、薄化粧《うすげしょう》を施《ほどこ》し、髪《かみ》をとかして整えていく。ゆったりとした三つ編みに小花のアクセサリーを散らし、前へ流す。

パステルカラーの淡《あわ》いピンクのドレスに、白のボレロを着せてもらった。

「とってもお似合いです、ティアラローズ様」

「ありがとう、エレーネ」

準備が終わると、何やら部屋から話し声が聞こえてきた。

「ああ、ルカ様とリオ様が来られたようですね」

「二人とも忙しいでしょうに、時間を取ってくれたのね」

ティアラローズとエレーネが部屋へ行くと、ルカとリオが笑顔で迎《むか》えてくれた。そしてテーブルの上には、ときめきを隠せないほどのお菓子。

――わ、すごい！

思わず目を見開いて驚いてしまった。

「見ての通り外はすごい雨なので、お菓子でもつまみながらゲームでもと思いまして」

「夕方なのでティータイムにはちょっと遅《おそ》いですけど、ゆっくり過ごしてください」

「まあ……ありがとう、ルカ、リオ」

いろいろ考えることや懸念《けねん》することが多かったので、甘いものでリフレッシュできるのは正直に言ってありがたいとティアラローズは思う。

やはりスイーツを食べた方が頑張《がんば》れるし、元気が出る。

すぐにアクアスティードがティアラローズの前へ来て、ソファまでのエスコートだと手を差し伸べてくれた。

「どうぞ」

「ありがとうございます、アクア」

二人でソファに座ると、すぐにティータイムが始まった。

用意してもらった花茶を飲みながら、ティアラローズは手元にあるカードとにらめっこをする。

お菓子を食べてある程度落ち着いたところで、リオが提案してきたゲームだ。その意図は、「互《たが》いのことをもっと知りませんか?」ということらしい。

と言ったリオだが、本当はティアラローズが不安になっていたら……と考え、気晴らしに提案してくれたようだ。

リオが持ってきたカードゲームの正式名称は『妖精の遊びカード』といい、通称《つうしょう》『妖精カード』と呼ばれている。

しかしその実態は、いわゆる『トランプ』だ。

遊びの内容も、ティアラローズもよく知っているものばかり。神経衰弱《すいじゃく》、大富豪《だいふごう》、ババ抜き、七並べ……などなど。

最初は神経衰弱をやったのだが、全員の記憶力がよすぎて勝負にならなかった。そのため、今は七並べをしているのだが……なかなかに全員が曲者《くせもの》すぎて、ティアラローズは苦戦していた。

——みんな強すぎるわ……。

ルカ、リオ、エレーネは慣れているだろうからいいが、初見のはずのアクアスティードも強かった。

前世でちょっとやったくらいのティアラローズでは、太刀《たち》打ちできそうにない。

「ああ、駄目……わたくしの負けです」

カードを置く場所がなくなり、ティアラローズはお手上げですと降参のポーズをとる。

無事に帰ることができたら、トランプを作って特訓したいところだ。

優勝は、アクアスティードだった。

「まさか負けるとは思いませんでした……。強すぎませんか？」

ルカはこの手のゲームが得意だったようで、肩《かた》を落とした。

「いや、運がよかっただけだよ。最初に配られるカードで、かなり左右されるだろう？」

「運も実力のうちって、言うじゃないですか」

アクアスティードはたまただと首を振るが、そんなことはないとリオが褒《ほ》める。ちなみに、リオは最下位から数えて二番目だった。

ティアラローズはシュークリームを一つ食べて、ふうと息をつく。ゲームをしていたら、あっという間に時間が経ってしまった。

——いろいろと聞きたいことがあったはずなのに。

どうにも、ルカとリオと過ごす時間は楽しいのだ。

それに、ティアラローズが大好きなスイーツもこんなにたくさん用意してくれた。とても気を使ってくれているということが、わかる。

けれど、だからこそ甘えてばかりはよくないだろう。

今ある問題は、ティアラローズたちの現状と、空の異変の二つだ。

薄々……というか、ここが自分の暮らすマリンフォレストとは違うということはティアラローズにもわかっている。

ただ、明確にどこであるのかはわからない。

もしかしたら、過去かもしれないし、未来かもしれない。それとはまったく違う、パラレルワールドのような並行《へいこう》世界という可能性もある。

ティアラローズは静かに深呼吸して、話をするためにルカとリオを見た。

国の纏《まと》う空気や、建物。

そういったものはティアラローズの知っているマリンフォレストだというのに、自分の知らない人たちが生活している。

いや、もしかしたら単純にティアラローズと面識のない人ばかりを見かけたという可能性もなくはないけれど、それにしたってどうにも不自然だ。

「ルカ、リオ。言い方が適切かはわからないけれど、ここは……どこなの？　マリンフォレストだということはわかっているし、その……聞いてはいけない気がしていたからためらっていたけれど、やっぱり……」

ティアラローズに真剣《しんけん》な瞳を向けられて、ルカとリオは顔を見合わせてどうしたものかと考える。

自分たちが何者であるかというのは……伝えない方がいいと思ってしまったからだ。質問に対して、ルカとリオは口を噤《つぐ》んでしまった。

めて考える。

「あ、ええと……ごめんなさい。いきなりすぎた、わね」

まずは自分のことを説明して、それから情報のすり合わせを行うのがいいだろうと、改めて考える。

――そもそも、自分の身分だって明かしていなかったわね。

ずいぶん、二人に甘えてしまっていたと改めて反省する。

隣に座っているアクアスティードは、そんなティアラローズを見て「大丈夫だよ」と優しく肩を抱いてくれた。

ティアラローズを気遣《きづか》うアクアスティードを見て、ルカとリオの表情が和《やわ》らぐ。それは、二人が仲睦《なかむつ》まじいと嬉しい理由があるからだ。

ルカはまっすぐティアラローズに視線を向け、口を開いた。

「ここがどこか、という問いには……私も正確にお答えすることはできません。推測するに、巨大《きょだい》な海の魔力によってどこか歪《ゆが》みができてしまったのだと思います」

そのため、ティアラローズの望む答えを伝えることができないのだと、ルカが困ったように微笑んだ。

「おそらく私たちは、互いのことをあまり知らない方がいい……そんな風に思うんです」

「知らない方が、いい……？」

「知ることで、悪影響《あくえいきょう》を与《あた》えてしまうこともあるでしょう？」

「それは……」

アクアスティードが出会った人物からも言われたという言葉を、ルカも口にした。どうやら、ティアラローズよりは事態を把握しているとみていいだろう。

もしかしたら、自分がいた場所と、ここでの差異が気になりどうにかしようとしてしまうかもしれない。

ここでできることも、元の場所でもできるとは限らない。逆もしかり。

まるで、神様の悪戯《いたずら》のようだと思う。

そう考え、しかしそれならば生まれたときからそれは始まっていたのではないかと思いいたる。正確には、前世の記憶が蘇《よみがえ》った瞬間《しゅんかん》からだろうか。

この状況もすんなり理解できてしまう気がして、不思議だ。

「すみません。……貴女《あなた》が望む答えを用意できなくて」

「いいえ。ルカはとても優しくて、誠実だわ」

適当に嘘《うそ》を並べておくことだってできる。けれど、ルカは正直に話さない方がいいのだと伝えてくれた。

ティアラローズが微笑むと、ルカは苦笑する。

「しかし現状、解決策がわからないのは事実です。同じように、突然元の場所に戻るかもしれないですし、ずっとこのままなのかもしれません」

「…………」

ルカの言葉に、ティアラローズは言葉を失って息を呑《の》む。けれど、ルカはゆっくり首を振って自分の仮説を否定する。

「とはいえ、私はその可能性はとても低いと考えています。きっと、そう簡単な問題ではないと思いますし……何より、あなたたちには心強い味方がたくさんいるでしょう？」

「あ……」

今、この場にいるのはティアラローズとアクアスティードの二人だけだけれど、頼《たよ》りになる仲間がいることは確かだ。

フィリーネはルチアローズの世話をしながらも、心配してティアラローズを捜しまわっているかもしれない。

エリオットは、もしかしたらアカリに振《ふ》り回《まわ》されながら事件の真相を解明しようとしているかもしれない。

三人の妖精王だって、消えた自分たちのことに気づいているだろう。

ここまで考えると――何もしなくても、助けに来てくれるのでは、という安心感が込み上げてくる。

――ちょっとだけ、冷静になれたわ。

ティアラローズは深く息をはき、力強く頷いた。

「ですが、みんなを心配させたままにしておくわけにはいきません。わたくしたちも、魔力の歪みに関して調べてみます。ね、アクア」

「それはいいけど、ティアラはあまり無理をしないようにね。魔力に触れて、お腹の赤ちゃんが不安定になることも考えられる」

「はい。十分注意いたします」

話をするティアラローズとアクアスティードを見て、ルカはひとまずほっとした。この世界のことを、どう説明したらいいかわからなかったということもあるが……元気になってもらえたことが嬉しかった。

「出かける際は、騎士を護衛につけます。今は空から鈍黒鳥もやってくるので、普段より危険が多くなっています」

「ありがとう、ルカ。お言葉に甘えさせてもらうわ」

「いいえ。とはいえ、この土砂降りの雨では……森へ行くのも難しいですね。雨の森は、視界も悪く危険ですから」

止《や》まない雨は、いつの間にか雷《かみなり》の音も轟《とどろ》かせていた。

ティアラローズがこの世界に転生してから、これほどの豪雨《ごうう》は初めてだ。夜中のうちに雷雨が過ぎ去ってくれればいいのだけれど……。

一晩が過ぎたが、天気は昨日と同じまま。

雷の音と、強い風に、横殴《よこなぐ》りの雨。花壇《かだん》の花は首が折れ、強風によって木の枝などが飛んでいる様子が窓から見える。


ティアラローズはベッドから出て、小さくため息をつく。

「これじゃあ、山に行くのは難しそうね……」

せめて雷と強風がなければ行けたかもしれないが、落雷《らくらい》などの恐《おそ》れもあるし、ティアラローズでは山の入り口に辿《たど》り着《つ》くだけでも精一杯《せいいっぱい》だろう。

そこでふと、妖精たちに森の様子を聞いてみればいいのでは？　と、思いつく。森の妖精ならば、ティアラローズが声をかければきっとすぐに来てくれるはずだ。

もしかしたら、王城のどこかで雨宿りをしているかもしれない。

「森の妖精たち、わたくしの下へ来てほしいの」

声をかけるも、なんの反応も返ってこない。いつもならば、数分で返事があり姿を見せてくれるというのに。

――雨だから、来られないのかもしれない。

それなら、海の妖精はどうだろうか。

彼らは水を媒介《ばいかい》にし、姿を現すことができる。たとえば水道や、ティーカップ。そんなところからも、姿を見せることができるのだ。

ベッドサイドの水差しを手に持ち、「海の妖精、いますか？」と問いかけた。――が、やはりなんの反応も返ってこない。

――それなら。

「キース。いたら、わたくしのところに来てちょうだい」

しかし、キースからの反応もない。

ティアラローズから呼びかけることなんてほとんどないけれど、こんなことは初めてだ。

キースも、身動きが取れない状況なのだろうか。

いや――もしかしたら、ティアラローズの知っているキースではない可能性だってある。

そもそも、ここに来てから自身の目で妖精王を確認したわけではない。

「……寝室でほかの男の名前を呼ぶのは、感心しないな」

「あっ、アクア！」

「空の異常とともに、妖精が姿を消してしまったみたいだね」

振り返ると、アクアスティードが欠伸《あくび》をしながらベッドから起き上がったところだった。

昨日の睡眠《すいみん》時間が短かったため、今日はいつもより寝ていたのだ。

アクアスティードは腕を伸ばして、ティアラローズを抱きよせる。

「おはよう、ティアラ」

「はい。おはようございます」

温かいアクアスティードに寄りかかり、ティアラローズは微笑む。けれど、その表情はいつもより曇《くも》っている。

「わたくしが目を覚ました日は、妖精たちを見たんです。ルカとリオは好かれているみたいで、森の妖精も一緒に――」

ティアラローズは自分で言った言葉に、ハッとする。

「森の妖精と親しくしている人を、初めて見ました」

海と空の妖精は人間に友好的で、祝福をすることも多い。けれど、森の妖精だけは人間に祝福を与えることがほとんどなかった。ティアラローズが森の妖精に祝福をもらえたことは、例外中の例外と言ってもいい。

ほかにティアラローズほど仲が良《い》いといえば、リリアージュくらいだろう。

そう考えると、やはりここは自分の知るマリンフォレストではないのだろうとティアラローズは考える。

もしくは、何十年、何百年も先の未来かもしれない。

森の妖精と人間が仲良くなった、そんな世界を思い浮かべる。

──確かに、ないものねだりをしてしまいそうだわ。

森の妖精たちが、ルカやリオと同じように、国民に接してくれたらと──そんな風に望んでしまうかもしれない。ただ、寂《さび》しさや嫉妬心《しっとしん》を抱《いだ》いてしまうかもしれないけれど……

やはり、妖精の祝福があった方が国は富み、人々は幸せになれるだろう。

「森の妖精たちは、ティアラにべったりだからね。ティアラは私のものだというのに、妬《や》けてしまう」

「そんな……」

「さて、そろそろ起きるよ。可愛い奥《おく》さん、支度をして朝食にしよう」

「……はい」

くすりと笑って、アクアスティードはティアラローズのこめかみにキスを送る。そのまま立ち上がり、朝の支度を始めた。

アクアスティードが準備をしている間、ティアラローズは紅茶を淹れる。スッキリするように、レモンを添えて。

支度が終わったら、部屋のベルでメイドを呼んで朝食の用意をしてもらう。

温かで美味しそうな食事とは裏腹に、ティアラローズは不安に駆られる。この雨がずっと、止まないような……そんな気がしてしまう。

——あるはずがないのに。

けれど、嫌な胸騒ぎがする。

「わたくしは、本当にこのまま帰る方法を探していいの……？」

ティアラローズの口から、アクアスティードにも届かないくらい小さな呟きが零《こぼ》れた。

第四章　星空の王の祝福

　うつらうつらとした意識が、ゆっくりと浮上《ふじょう》する。それは、コンコンという小さなノックの音が、叩《たた》くようなドンドンという音に変わったからだろうか。

　ルカは目を擦《こす》り、ぐぐっと伸《の》びをする。どうやら、魔法《まほう》の研究中にそのまま寝落《ねお》ちしてしまったようだ。

　洗面スペースで鏡を覗《のぞ》き込《こ》むと、頬《ほお》に衣類の跡《あと》がついてしまっている。

　急いで顔を洗い、水を飲んで、そういえば来客だったと意識をノックの音へ持っていく。

　このノックの仕方はきっと、エレーネだ。

「——お待たせ」

「遅《おそ》いです、ルカ様！　もう、私が扉《とびら》の前でいったいどれだけ待ったと思っているんですかっ！」

「ごめん——って、濡《ぬ》れてる。早く入って」

外はまだ土砂降《どしゃぶ》りの雨で、地面はぬかるんでしまっている。エレーネは外套《がいとう》を羽織ってはいるけれど、この雨ではあまり意味をなさない。

ルカはタオルを用意して、エレーネの髪《かみ》を優《やさ》しく拭《ふ》いていく。魔法で乾《かわ》かしてあげられればよかったのだが、膨大《ぼうだい》な魔力《まりょく》のせいでそれすらままならない。

――いや、気をつければ髪くらい乾かせるんじゃないか？

ルカがいけるかもと考えていると、何かを察知したらしいエレーネがタオルで拭きながら、「大丈夫《だいじょうぶ》ですよ」と微笑《ほほえ》んだ。

自分で魔法を使って、濡れた髪をあっという間に乾かしてしまった。

「雨でエレーネが風邪《かぜ》でも引いたら大変だろう？　用があるなら、リオに使いを頼《たの》んで」

「それだと、リオ様が風邪を引いてしまいますよ？」

「リオは頑丈《がんじょう》だから、大丈夫」

ルカは笑って、常備してあるクッキーを手に取る。朝食を食べに行くのが面倒《めんどう》なときは、これで済ませてしまうことが多い。

しかしそれをすると、いつもエレーネを怒《おこ》らせてしまう。

「ああもう、朝からクッキーはよくないと何度言えば……」

「楽で好きなんだよね、クッキー。それに美味《おい》しいよ？　母様のレシピだし」

「美味しいのはわかっていますし、わたくしもよくおやつにいただいています。って、そうではなく規則正しい生活を……はあ、わたくしがどれだけ注意をしても無駄《むだ》ですね」

エレーネは小さくため息をついて、机の上に広げられた魔法書や魔法陣《まほうじん》の類《たぐい》を見る。

「研究成果はどうですか？」

「んー……あと一欠片《かけら》、何かが足りないんだ。でも、それがわからなくて……苦戦してる」

王城の裏手にあるこの塔《とう》は、ルカが魔法研究に使っている。

自分の魔法を制御《せいぎょ》したいという一心から始めた研究ではあったけれど、今は純粋《じゅんすい》に魔法のことが楽しいと思える。

魔法でできることは、無限大だ。

ただ、ちょっと、いや……かなり。ルカの魔力が多すぎて、自由に魔法を使うことはできないけれど。

ルカは深く長く息をついて、視線を横にずらして窓の外を見る。

「私とリオの力を使いこなすことができれば……きっと、この空の異状も収めることができるはずだ。父様やクレイルが不在の今、私たちがどうにかしないといけませんからね」

「ルカ様でしたら、きっとできます」

エレーネは微笑んで、「大丈夫ですよ」と空を見る。

「わたくしは知っています。ルカ様も、リオ様も、とてもお強いですから。……まあ、お父様たちが帰って来て下さるのが一番いいのかもしれませんが」

「それは……まあ、そうだね。でも、楽しそうに旅行に出かけていったから、きっと無理。たぶん、帰ってくるのはこの問題が片付いた後じゃないかな？」

「まあ……」

優しい両親だけれど、今回の件はいいかえれば息子《むすこ》を成長させる試練にもなる。だからこそ、ルカは睡眠《すいみん》も最低限にし、空の異状をどうにかする方法を考えていた。

大きな雨の音に紛《まぎ》れて、ルカの耳に叫《さけ》ぶような声が聞こえてきた。

窓から外を見ると、リオが騎士団《きしだん》の指揮を執《と》り戦闘《せんとう》を繰《く》り広《ひろ》げていた。

雷鳴《らいめい》が轟《とどろ》く中、怒号《どごう》が響《ひび》く。

リオは必死に状況《じょうきょう》を把握《はあく》し、指示をだしている。

「くそ、またあの鈍黒鳥《にびこくちょう》だ！　剣《けん》だと届かないから、弓を構えろ！　魔法が使える者も、同じように狙《ねら》って、ほかの者はサポートを！」

「はいっ！」

騎士たちは、各々《おのおの》ができることをこなしていく。

遠距離攻撃《えんきょりこうげき》で倒《たお》された鈍黒鳥は、前衛の騎士たちが回収し片付けていく。同時に、避難《ひなん》できていない人を安全なところまで誘導《ゆうどう》する。

しかしこの雨の中では、日ごろから鍛錬《たんれん》している騎士にも厳しいものがある。体温が奪《うば》われて、呼吸も浅くなっていく。

「ああもう、俺にもっと力があれば……！」

リオは地団駄《ちだんだ》を踏《ふ》んで、空を仰《あお》ぐ。

得意とする武器は剣、弓はルカばかりが上手《うま》くリオは不得意だ。しかも、魔力のコントロールが上手くいかないため、そう簡単に魔法を使うこともできない。

――とはいえ、このままっていうわけにはいかないよな。

鈍黒鳥の数はどんどん増えていて、まるで雨から生まれているのではないかと思えるほどだ。

「シュティリオ殿下《でんか》、怪我人《けがにん》が出ています！」

「――っ、すぐに救護班に連絡《れんらく》を！　可能な限り、室内へ連れて行ってくれ」

「ハッ！」

このままでは、押される一方だ。どうにかしてこの場を切《き》り抜《ぬ》けなければ、こちらがどんどん憔悴《しょうすい》していってしまう。

リオはどうするべきか考えを巡《めぐ》らせ、王城の裏手にある山へ視線をやる。山頂まで行けば、王城はもとより街全体を見渡《みわた》すことができる。

「いちかばちか――か」

このままここで戦っていても埒《らち》が明かないと、リオは現場の指揮を任せ裏山へと走った。

その様子を窓から見ていたのは、ルカの準備を待っていたエレーネだ。どこかへ走って行ってしまったリオを見て、慌《あわ》てふためく。

「ルカ様、リオ様がどこかへ走って行ってしまったんですが!!」

「ああ……」

弓を持ったルカは、エレーネの言葉に苦笑《くしょう》する。なんともリオらしい行動だと、そう思ったからだ。

――でも、一理ある。

「止《や》まない雷雨《らいう》と強風に、鈍黒鳥。いつまで続くのかわからないことは、精神をひどく消耗《しょうもう》させられるからね。リオは、一か八か殲滅《せんめつ》させてやろうと考えたんだと思うよ」

「え……でも、そんな、どうやってですか?」

エレーネの疑問は、もっともだ。リオに、鈍黒鳥を殲滅させる力なんてないのだから。

しかし、可能性がゼロというわけでもない。

「私とリオが魔力を制御して、空にぶつければ……吹き飛《ふと》ばせると思うんだよね」

「えっ……」

無茶だと、瞬時《しゅんじ》にエレーネは叫びたくなった。

「お二人とも、魔法の制御はいつも……爆発《ばくはつ》するじゃないですか！　無理です‼」

根性《こんじょう》だけでなんとかなるものではないと、エレーネは涙目《なみだめ》になる。

しかしルカとて、空をずっとこのままにしておくわけにはいかない。仮に爆発させたとしても、雷雨の中の裏山……被害《ひがい》は最小限にとどめることができるだろう。

だが──成功した際の効果は、絶大。

ルカはエレーネの頭にぽんと手を載《の》せて、「大丈夫だよ」と微笑む。

「私はリオと違《ちが》って、勝率のない賭《か》けはしないんです」

「それは、ええと、勝率があるということですか？」

「──はい。それに、ちょっとした保険もあります」

「保険、ですか」

それはいったいなんですかと、エレーネが不思議そうに首を傾《かし》げる。騎士団の配置だろうかとも考えたけれど、今は全員が空の対応に追われている。

もしくは妖精《ようせい》王に救援《きゅうえん》を求めている？　けれど、その気配もない。

「イレギュラーな存在が、いるじゃないですか」

「あ──、アクアスティード陛下《へいか》とティアラローズ様ですか？」

「正解」

ルカはよくできましたと、エレーネを褒《ほ》める。

「もし私とリオに何かあっても、あの二人がいれば安心じゃないですか」

「いやいやいやいや、何を言っているんですかルカ様!! それってルカ様とリオ様に何かあるっていう前提の話ではないですか!!」

それでは駄目《だめ》ですと、エレーネが声を荒《あら》らげる。

しかし、ルカとしてはそれくらいしか現時点での解決策はないし、魔法に関する計算などもしたけれど、それが一番確率的には高い。

「ということで、ちょっと行ってきますね。エレーネはここで留守番をしていてください」

「え、ちょ、待ってくださいルカ様」

ルカは外套のフードを被《かぶ》って、にこりと微笑み——窓からひらりと飛び降りた。塔の二階部分から軽《かろ》やかに着地したルカは、一直線に裏の山を目指す。

リオの居場所は、対《つい》になっているブレスレットが反応し、ある程度の場所はこちらで把握することができる。

一人で先走らず、ちゃんと待っていてくれたらいいのだが……。ルカはそう思いながら、急いで山頂へ向かった。

「アクア、外が大変なことになっています！」

「鈍黒鳥がまた来たのか」

山に行くのは雨が止むまで無理そうだ、なんて。そんな悠長《ゆうちょう》なことを考えている余裕《よゆう》はなかったのかもしれない。

アクアスティードも難しい顔をし、騎士たちを襲《おそ》っている鈍黒鳥を見る。

空からの攻撃に、苦戦を強《し》いられているようだ。騎士たちは善戦しているが、いつまで持つかはわからない。

「ああ……っ！」

鈍黒鳥が自身の目の前に風の渦《うず》を作り、それを騎士にぶつけた。あれが、鈍黒鳥の使う風魔法か。

ティアラローズは声をあげて、思わず目をつぶる。

——怖《こわ》い！

どうしてこんなことになっているのだと、叫びたい。しかしそんなことをしても、なんの解決にもならない。

「さすがに、これは見過ごせないな……。魔法を使えば、鈍黒鳥を倒すのもそう難しくはないはずだ」

そう言うと、アクアスティードは壁《かべ》に立てかけておいた愛剣を手に取り帯剣《たいけん》する。外套もあればよかったが、ない物ねだりをしても仕方がない。

加勢に行くのだと理解したティアラローズは、わずかに表情を歪《ゆが》める。行ってほしくないと言いたいけれど、状況を考えたらそれは口にできない。

——きっと、少しでも助けがほしいはずだもの。

空を飛ぶ鈍黒鳥は、前に見たときよりも数が多い。どんどん、状況が悪化しているということはティアラローズにもわかる。

アクアスティードは、ティアラローズの頭を優しく撫《な》でる。

「ティアラ、私は大丈夫だよ。安心して、ここで待っていてほしい。不安なら、エレーネを呼んで側《そば》にいてもらえばいい」

「アクア……。でも、わたくしだけ待っているなんて、そんなの……」

一緒《いっしょ》に行けば足手まといになることは理解しているし、お腹《なか》には新しい命も宿っている。理性では部屋で待機するしかないと結論が出ているが、自分にも何かできないだろうかという気持ちも大きい。

ティアラローズは胸の前で手を組んで、祈《いの》るようにアクアスティードへ視線を向ける。

――送り出す言葉を、伝えなければ。

伝えなければいけないのに、「一緒に連れて行って」と言ってしまいそうだ。そんなの、アクアスティードを困らせるだけなのに。

ティアラローズは力なく笑って、肩《かた》の力を抜く。

「アクア。わたくしは、アクアを信じて――」

待っていますと、そう言葉を続けようとしたけれど……自分の気持ちに嘘《うそ》をつくことはできなかった。

「わたくしも、ルカとリオの力になりたい……っ！」

「ティアラ⁉」

「ごめんなさい、アクア。わたくしはお腹の赤ちゃんを守って、無事にアクアと一緒にルチアのところに戻《もど》ることだけを考えるべきなのに……それでも、それでも……わたくしは、ルカとリオを助けたいの」

鈍色《にびいろ》の空なんて、ティアラローズは初めて見た。

ルカとリオは、海の魔力に当てられたティアラローズのことを助けてくれた。何の見返りもないのに、優しく慈《いつく》しんでくれた。

そう簡単にできることではない。

――わたくしに戦う力は、確かにないかもしれない。

けれどきっと、自分がこの世界に来たのは――ルカとリオのためだ。

ティアラローズは直感的に、そう思った。

「あの二人を見捨てたら、きっとわたくしは胸を張ってルチアの下へ帰れないわ！」

――瞬間《しゅんかん》。

ティアラローズの左手の薬指につけている二つの指輪のうち、『星空の王の指輪』が強い輝《かがや》きを放った。


ルカとリオは一卵性《いちらんせい》の双子《ふたご》で、生まれたときから互《たが》いに通じる何かがあった。

それは上手く言語化できるものではないが、一番しっくりくる言葉は、『繋《つな》がっている』だろうか。

二人の間にはその見えない絆《きずな》のようなものがあり、特殊《とくしゅ》な魔法を使うことができる。

ルカの魔力をリオに与《あた》え、爆発的に身体能力と魔力をのばすというものだ。その動きはまるで雷《かみなり》のようで、目で追うことも難しい。

お互いが特別であり、それ自体はルカとリオも喜びを感じていた。しかし、それを上手く使えるのか？　と問われれば、それは別問題で。

何度か使ってはみたけれど――魔力制御が難しく、爆発する。

元々魔力の多いリオへ、さらにルカの魔力を与えるのだ。コントロールは、自身で魔法を使うより難しい。

しかしその分、上手く扱《あつか》うことができたら――きっと何ものにも負けはしないだろう。


「リオー！」

慎重《しんちょう》に、けれど素早《すばや》く、ルカはリオを呼びながら雷雨の山を駆《か》け上《あ》がっていく。

多少の鍛錬はしているので基礎《きそ》体力はあるのだが、山道というだけあって息はとっくにあがっている。魔法の研究にかまけていないで、もっとしっかり鍛錬しておけばよかったと後悔《こうかい》が胸をよぎる。

「はぁ、は……っ」

立ち止まって休憩《きゅうけい》したい気持ちをぐっとこらえて、足を動かす。でなければ、そのまま走れなくなってしまいそうだった。

木々の合間から覗く空は、真っ黒な雷雲《らいうん》に覆《おお》われている。その規模は次第《しだい》に大きくなっているようで、このまま放っておくとマリンフォレスト全土に広がってしまいそうだ。

──もっと自分に力があれば。

ルカは、そんなことを常々思う。

魔法を使おうとすると、制御できずに爆発してしまうが……膨大な魔力があること自体は嬉《うれ》しく思っている。それを意のままに扱うことができないのが、歯がゆい。

「そろそろ、リオのところに──」

着くはず。

そう思い視線を巡らせると、リオに襲いかかろうとしている一羽《わ》の巨大《きょだい》な鈍黒鳥の姿があった。大きさから、群れのボスのようなポジションだろうか。

「私たちを脅威《きょうい》に思い、排除《はいじょ》しにきた……？」

ルカはふっと笑《え》みを浮《う》かべ、数秒で乱れた呼吸を整えて弓を構えて矢を放つ。が、それは巨大な鈍黒鳥に当たることはなかった。

「──チッ。避《さ》けられたか」

残念だ。

巨大な鳥が空高く上昇《じょうしょう》するのと同時に、リオがルカに気付く。

「ルカ！　待ってた！」

「待ってるのはいいけど、一言告げてから実行に移してくれてもいいんじゃない？」

本当に、リオはいつもいつも猪突猛進《ちょとつもうしん》だとルカは苦笑する。

「でも、ルカは来てくれただろ？　俺が考えつくことなんて、ルカはとっくに想定してるはずだし」

「まったく……褒めても何も出ないよ？」

「え、出ないのか？」

ルカの言葉に、リオは酷《ひど》く残念そうな表情を浮かべて――すぐに二人で笑う。

「もし出るとしたら……晴《は》れ渡《わた》った、マリンフォレストの空……かな」

「それはいいな」

この異常な空を、どうにかしよう。

二人はブレスレットをつけた腕《うで》を触《ふ》れあわせ、勝利の願いをかけた。


普段《ふだん》のドレスは脱《ぬ》ぎ捨《す》て、動きやすい騎士服に身を包む。長いブーツはしっかりした作りなので、ぬかるみでもちょっとやそっとでは転ばない。

ティアラローズは大きく深呼吸して、前を見る。

「大丈夫？　ティアラ」

「――はいっ！」

前を歩くアクアスティードの手を取って、ティアラローズははっきり返事をする。

ここは、王城の裏山だ。

雷雨により道はぬかるみ、視界は最悪。本来、ティアラローズではとてもではないが来られるようなところではない。

晴れている日であればまだしも、小雨《こさめ》であってもアクアスティードは止めたはずだ。

しかし、ティアラローズは山の中を歩いている。

「はぁ、はぁ、……指輪が指し示している方向は、山頂みたいです」

「山頂か……」

アクアスティードは、果てしないなと苦笑する。

「でも、いったいどういうことでしょう？　星空の王の指輪が反応するなんてこと、今まで一度もなかったというのに」

ティアラローズの左手の薬指に輝く星空の王の指輪は、アクアスティードの力と繋がっている。

指輪を通してアクアスティードの力がティアラローズに流れてきているのだが、普段は何も感じることはないし、普通《ふつう》の指輪となんら変わらない。

――指輪の示す先に、いったい何があるというの？

わかる、というよりも……感じることはある。

指輪の導く先にある何かは、とても重要なものだと、そう思ってしまうのだ。

どうしても自分たちが行かなければならないような、そんな事態に——星空の王の指輪が導いているのではないかと。

考え事をしてしまったからか、ティアラローズはうっかり木の根に足を取られて転びそうになる。

「きゃっ」

「ティアラ！　やっぱり、私がおぶるから——」

「いいえ、大丈夫です。そこまでアクアに負担をかけるわけにはいきませんから」

ティアラローズはぶんぶん首を振《ふ》り、何度も「大丈夫です」と口にする。

「とはいえ、わたくしの足が遅いのは本当に申し訳ないですが……」

さすがに、雷雨の登山は想定外だった。

山頂までまだだいぶ距離があって、このままのペースでは数時間ほどかかるだろうか。

段々、本当に自分が登り切れるだろうかと、ティアラローズは不安になる。

「謝ることはないよ。こんな状況じゃ、訓練しててもちゃんと進むのは難しい」

「ですが……」

不甲斐《ふがい》ない——そう言葉を続けようとしたら、足を取られた木の根がうねり動いた。

「──っ!?」

「ティアラ！」

アクアスティードがすぐさまティアラローズを背に庇《かば》い、帯剣している剣の柄《つか》に手をかけ、同時に周囲を警戒《けいかい》する。

上空の鈍黒鳥だけでなく、もし地面からも敵がくるのだとしたら──厄介《やっかい》なこと、この上ない。

しかし、危惧《きぐ》していた攻撃はこなかった。

「……？」

アクアスティードは目を細め、視線を左右に配るが……動いているのは、足元の根だけ。

それはゆっくり大きくなり、木の幹を割り──入り口のようなものを作った。

「え……これは、どういうこと？」

ティアラローズは戸惑《とまど》いながら、アクアスティードと木の幹にできた洞《ほら》を交互《こうご》に見る。

すると、中で花が咲《さ》き、その中心に明かりが灯《とも》った。

これには、ティアラローズも見覚えがある。キースの城や、森の妖精の通路で見たことのある光る花だ。

ティアラローズとアクアスティードは、目を見開いて顔を見合わせる。

「キース、なのかしら」

「たぶん」

姿こそ見せないが、その気配を感じ取ることはできる。どうやら、自分たちを助けてくれるようだ。

「姿を見せてくれたらいいのに」

そう思ってしまう。

「でも、きっとそうできない理由があるのよね。自由奔放《ほんぽう》なキースが出てこないなんて、よっぽどだわ……」

「そうだね」

何かしら理由があっても、「まあ大丈夫だろ」なんて言って出てきそうなキースのことを思い浮かべる。

自分に祝福をくれた森の妖精王は、ティアラローズが知る限りこの世界で一、二を争うほど自由奔放。ちなみにトップを争っているもう一人の人物は、言わずもがなのアカリだ。

アクアスティードは幹の中に一歩足を踏み入れ、安全を確認《かくにん》する。

「大丈夫そうだ。外を進むより、この中を行った方がいい」

木の幹の中の道がどこへ続いているかはわからないが、キースの気配を帯びていることと、外の雨にさらされないことを考えたら、ずいぶん安全な道だ。

ティアラローズは頷《うなず》いて、差し出されたアクアスティードの手を取り、木の幹へ続く道へ進んだ。

不思議な道は、とても平和だった。

雨は降っていないし、雷の心配もいらないし、強風どころかそよ風すら吹いていない。

明かりに照らされているから周囲の状況確認もしやすいが、そもそも一本道だった。

ゆるやかな上り坂になっているので、おそらく山頂へ進んでいる。

「指輪も、この道の先を指していますね」

「山頂に何かあると考えた方がよさそうだ」

「はい」

それから二十分ほど歩くと、出口に辿《たど》り着《つ》いた。

同時に、『キュアアァ』という大きな泣き声がティアラローズの鼓膜《こまく》を揺《ゆ》さぶった。思わず耳を塞《ふさ》いで、しゃがみ込む。

——いったい何がいるの⁉

空にいた鈍黒鳥だろうかと思ったが、鳴き声と迫力《はくりょく》を考えたらとてもではないが同一の鈍黒鳥だとは思えなかった。

アクアスティードはティアラローズを守るように一歩前へ出て、そっと外の様子を窺《うかが》う。

「ルカと、リオ……？　巨大な鈍黒鳥と戦っているのか！」

「えっ⁉」

状況を伝えるアクアスティードの言葉に、ティアラローズは体が震《ふる》える。

「ほかに、騎士たちはいないの？　二人だけで――あんな大きな鈍黒鳥に⁉」

ティアラローズがひゅっと息を呑《の》んで、目を見開いた。巨大な鈍黒鳥は、ゆうに三メートルはあるだろう。

それと戦っているのは、ルカとリオの二人だけだ。

――このままじゃ、二人が危ない！

どうにかして助けないと、ティアラローズは考えを巡らせる。しかし、援護《えんご》するだけの力があるのかと聞かれたら――否《いな》。

まさか、身体能力が向上するお菓子《かし》を作って投げて食べさせるわけにもいかない。

「どうして、わたくしはこんなにも無力なのかしら……っ！」

自分を助けてくれた二人が、苦しんでいる。鈍色の空を元に戻すために、国を救うために、必死に戦っているというのに。

ああでも――もしかしたら、攻撃から庇うことならできるかもしれない。

ティアラローズは、パールから絶対的な防御《ぼうぎょ》の祝福を得ている。体が水の膜《まく》に包まれ、攻撃から守ってくれるというものだ。

――でも。

ルカとリオの動きは早く、さらに巨大な鈍黒鳥も上空にいるため割って入ることはできそうにない。

「……っ」

ティアラローズは、指輪に祈る。

「星空の王の指輪……！　あなたが導いた場所まできたわ。だから、わたくしに……あの子たちを守る力を貸してちょうだい……っ‼」

叫ぶようなティアラローズの声に、指輪が静かに応えた。

リオが前に立ち、いくらか離《はな》れたところに後衛としてルカが立つ。その手には弓を持っているが、矢はつがえていない。

代わりに、左手にはめられている腕輪《うでわ》が淡《あわ》く光を帯びている。これは、ルカが魔力を使っているという状態を表す。

「ふー……。さすがに、緊張《きんちょう》する」

「ルカが緊張するなんて、珍《めずら》しい」

「人をなんだと思ってるの、リオ」

ルカは肩をすくめて、けれどすぐに瞳《ひとみ》を細め、敵とみなした巨大な鈍黒鳥を見据《みす》える。

視線は逸《そ》らさないまま、「いくよ」と静かに告げ、魔法を使う。

巨大な鈍黒鳥が翼《つばさ》を大きく広げ、その羽でこちらへ攻撃してきた。――が、遅い。

ルカの魔法により、その魔力を体内に受けたリオのスピードは、電光石火だ。一瞬《いっしゅん》で
その体は宙を舞《ま》って、なんと巨大な鈍黒鳥の頭上まで飛び上がった。

さすがに、それにはルカも驚《おどろ》く。

「まさか、あそこまで飛ぶなんて」

このまま簡単に決着がつけばいいけれど、そうもいかない。なぜならば、一番の敵は巨大な鈍黒鳥ではなく、自分たちの魔力制御の難しさだからだ。

――正直、立っているのも辛《つら》い。

何度も脳内でシミュレーションはしてみたものの、いざ実行してみると大変だ。今までの練習で少量の魔力で試《ため》したときの何倍もの負荷《ふか》が体にかかる。

歯を食いしばるようにして、ルカは情けない声がもれないように耐《た》える。

「まだ、まだ足りない。鈍黒鳥は倒せるかもしれない、けど……っ、もっと力を出さないと、この雷雲を晴らすことはできない――！」

ルカは腕輪をぎゅっと握《にぎ》り、大きく息を吸う。

「体は、今だけ持ってくれたらそれでいい。森よ、空よ、海よ、私に宿る――月の魔力よ。

「私の声に応え、その魔力を最大限まで膨《ふく》らませろ！」

「――っ、ルカ！」

空中のリオの体から、魔力が溢《あふ》れて光り輝く。

無事に、ルカの魔力がリオの体へ流れたのだろう。しかし、一瞬でも気を抜くと――魔力は暴走し、大爆発という未来が待っている。

リオは短く息をはいて、気を引《ひ》き締《し》める。

そして一気に巨大な鈍黒鳥を剣で叩き斬《き》ろうとし――羽ばたいた翼によってわずかな風圧を受けて、空中で体勢を崩《くず》してしまった。

「あ……っ」

おそらく、それが一瞬の油断で、気の緩《ゆる》み。

ルカと同じように光り輝いていたリオの右腕にある腕輪が、ふっとその輝きを失った。

この腕輪は簡単に言えば、二人の魔力の制御をしている。それが効力を失ってしまったということは、魔力を制御しきれずに暴走することを意味する。

――まずい。

ルカとリオは同時にそう結論を出すも、暴走しだした魔力に飲み込まれないようにするだけで手一杯《ていっぱい》だ。

そんなとき、辺りに響いたのは——ティアラローズの声だった。

「二人とも、今助けるわ！」

ルカとリオの魔力が暴走しかけていることに気付いたティアラローズとアクアスティードは、すぐに二人の下へ駆《か》け寄《よ》った。

リオは空中から落下し、地面でうずくまっている。肉体的な怪我は酷くなさそうだが、溢れ出る魔力によって苦しそうな表情をしている。

「ルカ、リオ、しっかりして……っ！　アクア、魔力が暴走して——指輪が‼」

どうにか解決策をと、そう思った瞬間——ティアラローズの指輪がいっそう輝きを大きくした。

左手の薬指につけている二つの指輪のうちの一つ、先ほどから静かに光っていた『星空の王の指輪』だ。

「ティアラ、指輪を介《かい》して体に異常は——ッ！」

「わたくしの体は大丈夫——っ、アクア⁉」

まるで何かを導くかのような輝きに、ティアラローズは息を呑んだ。しかし同時に、指輪を通じてか——アクアスティードに異変が起きた。

アクアスティードは胸を押さえるようにして、膝《ひざ》をつく。

「……っ、体が熱い」

「嘘、アクア⁉ しっかりして！」

ティアラローズが焦《あせ》り咄嗟《とっさ》に手をのばすと、アクアスティードの金色の瞳と目が合った。

魔力が溢れ出ているようで、普段よりもキラキラと輝いている。

まるで、夜空に輝く星のようだ。

――アクアのこんな瞳、初めて見た。

こんなときだというのに、思わず一瞬だけ見惚《みほ》れて目を奪われてしまった。ティアラローズはいけないと首を振り、アクアスティードの体を支える。

「アクアっ！ 大丈夫ですか？」

「……は、ああ。大丈夫だ」

アクアスティードは浅い呼吸を繰《く》り返《かえ》して、しかしわずかに頬を緩めた。

「もしかしたら、私たちは本当にこのためにこの世界に飛ばされたのかもしれない」

「え……？ それは、どういう……？」

何かを悟《さと》った様子のアクアスティードは、ティアラローズの肩を借りてゆっくり立ち上がる。そして視線を、ルカとリオへ向けた。

つられるように、ティアラローズも二人を見る。

「早く、二人を助けないと……っ！」

頭上には巨大な鈍黒鳥もいて、今にもこちらを攻撃してきそうだ。しかし実際は、溢れ出るルカとリオの魔力に威嚇《いかく》されて手を出してこられない。


「――星空の力よ」


アクアスティードは落ち着いた声でそう告げ、ティアラローズの薬指にはめられている星空の王の指輪へ触れる。

その瞬間、アクアスティードの魔力がティアラローズに流れ込んでくるのがわかった。

普段とは違う、確かな量の力だ。

――アクアの魔力、温かい。

ティアラローズの肩から、自然と力が抜ける。

同時に、流れ込んできた星空の魔力の使い方を理解する。

――ルカとリオを救うために、わたくしたちはここへ来た。

アクアスティードはティアラローズの手を取り、ゆるやかに言葉を紡《つむ》いでいく。

「夜の空を輝かせる星空の力よ。アクアスティードの名の下に、その力の一欠片をかの者に。すべての星を読む力をルカに。すべての星を導く力をリオに」

するとティアラローズの指輪を通してルカとリオに光が降り注いだ。その光は二人がつけている腕輪に輝きを与えていく。

ティアラローズとアクアスティードは顔を見合わせて、最後の言葉を口にする。

「——星空の祝福を、二人に」

その言葉をきっかけに、ルカとリオの腕輪の光がはじけ飛び、二人の金色の瞳が輝きを増した。

腕輪を経由し、星空の祝福が二人へ降り注いだのだ。

「——ッ！」

「あっ、これは……っ⁉」

ルカとリオは目を見開き、その状況に驚く。しかしすぐに、現状を把握し起き上がる。

——そう、頭上にはまだ、巨大な鈍黒鳥がいる。

魔力が暴走し、もう倒せないかもしれないと思っていた巨大な鈍黒鳥だ。しかし今は、ティアラローズとアクアスティードによってもたらされた星空の祝福のおかげで、魔力の

制御がいとも簡単にできる。

巨大な鈍黒鳥に立ち向かう二人を見て、ティアラローズはほっと息をつく。その肩を、今度はアクアスティードが支えてくれる。

「二人とも、もう大丈夫そうだね」

「はい。びっくりしましたけど、わたくしたちの力で救うことができて、よかった」

「ああ」

ティアラローズが視線を二人に向けると、ルカが弓を、リオが剣を構えているところだった。

「すごい、魔力が溢れてるのに……制御できる。月の力よ、敵を撃《う》つための矢になれ」

「今なら一人でも鈍黒鳥を倒せそうだ！　太陽の力よ、剣に宿り輝きを放て！」

ルカの魔力は弓の矢になり、リオの魔力は剣の攻撃力を増加させた。二人の一撃《いちげき》により、巨大な鈍黒鳥は倒された。

そして空が晴れ――虹《にじ》がかかる。

異状だった鈍色の空が、本来の色を取り戻したのだ。

その感動的な光景を見て、ティアラローズの目尻《めじり》に涙が浮かぶ。

しかしその反動か、大きな魔力によって空気が揺れた。

「――っ、まさか、俺たちの今の攻撃が歪みを生んだ⁉」

「それもあるけど、それだけじゃない。この魔力は、空だ」

リオは焦り、ティアラローズとアクアスティードに気づく。それはルカも同様だったが、リオよりは幾分《いくぶん》か冷静だった。

ルカはリオの手を取り、ティアラローズの下へと駆けてきた。その表情はひどく慌てていて、何か緊急《きんきゅう》を要しているということがわかる。

「勝手ながら――来てくれると、信じていました。ありがとうございます」

「ルカ……。いいえ、あなたたちを助けることができて、本当によかった」

どうやらティアラローズたちが助けに駆けつけてくることは、ルカの作戦のうちであったらしい。けれど、そんなことをティアラローズは気にしない。

今はただ、間に合ったことが嬉しい。

ティアラローズの返事を聞いたルカは、わずかに驚いたあと、とびきりの笑顔《えがお》を見せた。

そして急いで自分の腕から腕輪を外して、ティアラローズへ渡す。

「祝福のおかげで、私たちは魔力のコントロールができるようになりました。……お礼に、この腕輪を受け取ってください。きっと、お腹の子どもが生まれるときに役立ちますから」

「今までずっと心配させちゃったけど、俺たちはもう大丈夫だ」

ルカに続き、リオも腕輪をティアラローズに渡す。

「え、え、えっ⁉　待って二人とも、ちゃんと説明を――」

――してと。

そう告げようとした瞬間、ティアラローズとアクアスティードの二人はかき消えた。


虹のかかる山頂に残ったのは、ルカとリオの二人だけ。

ずぶ濡れになった外套を脱いで、たっぷり息をはく。

体の力が抜けていくのを感じながら、地面に座り込んだ。リオなんて、そのまま寝転《ねころ》んでしまった。

「…………行っちゃったな」

「……そうだね」

しばしの沈黙《ちんもく》のあと、寂《さび》しげにリオが呟《つぶや》くとルカが頷く。

「二人は……俺たちの力を制御できるようにするために、来てくれたのかな」

「どうだろう。それだけだったら、別に父様か母様に頼めばいいだけだった気もするけどね……」

別に、わざわざティアラローズとアクアスティードがここへ来る必要はないのではないかと、ルカは考える。

元々の発端《ほったん》は、海の魔力の歪みだった。そのことを考えると、偶然《ぐうぜん》が重なり奇跡《きせき》が起きたのかもしれないと、そんな風にも思う。

「……疲《つか》れた。このまま寝ちゃいそう」

「待てルカ、こんなところで寝ないでくれ。寝落ちしたら俺がおぶって山を下りることになるじゃないか」

「それは……いい訓練だ」

「ふざけるな！」

それだけは断固拒否《きょひ》すると、リオが「寝るんじゃない」とルカに呼びかける。……が、実は眠《ねむ》いのはリオも一緒だ。

その原因は、新しく授《さず》かった星空の祝福と……それによって初めて全力で使いこなすことのできた自分の魔力だろう。

その反動で、眠くなっているのだ。

「寝るなよ、ルカ」

「リオだって眠そうじゃない、か……」

「そんなこと、ない……」

そう言いながらも、二人の意識は次第にまどろんでいく。

気付けば目を閉じて、小さな寝息《ねいき》が聞こえ始めた。どうやら、緊張の糸が切れたこともあって、眠ってしまったようだ。

そこに、一つの影《かげ》が落ちる。

「──ったく。こんなところで寝てるんじゃねぇよ」

やれやれと頭をかきながら姿を現したのは、森の妖精王キースだ。

眠ってしまったルカとリオをそれぞれ脇《わき》に抱《かか》えて、ため息をつきながらも転移する。

飛んだ先は、王城にある二人の自室だ。

それぞれのベッドへ寝かせるのは面倒なので、ルカのベッドへまとめて二人を投げる。

が、目を覚ます気配もなく気持ちよさそうに寝ている。

その様子を見てキースが笑っていると、後ろから「ありがとう」と声をかけられた。

「おう、帰って来たのか」

「今しがた。……二人は大丈夫そう？　あのあと、ずっと心配だったの」

ハニーピンクの髪を揺らして、彼女はキースに問いかける。

眠る二人の安らかな表情を見たら問題はないだろうということはわかるけれど、それでもやはり母親なので心配なのだ。

「大丈夫だろうよ。二人とも、こう見えてタフだし……俺たちの祝福だってあるんだ」

ちょっとやそっとではへこたれないと、キースは笑う。

「ふふ、そうね。キース、あのときは――助けてくれてありがとう」

「別に。祝福した女を助けるのは当然だ」

「頼もしいのね」

彼女がくすくす笑うと、キースは若干《じゃっかん》照れたような笑みを浮かべる。

「……んで、旅行はどうだったんだ？　まさか六人で行くとは思わなかったぜ。一人寂しく留守番する俺のこともちったぁ考えろ」

「とっても楽しかったわ。大丈夫、ちゃんとお土産《みやげ》も買ってきたから！」

「土産、ねぇ」

どうせ他国の珍しいスイーツやスイーツやスイーツだろうとキースは予想する。下手をすれば、逆にスイーツを布教して帰ってきそうだとすら思う。

それほどに、彼女はスイーツを愛しすぎている。

「もう、なんでそんな不服そうな顔するの。お洒落《しゃれ》なグラスで、お酒を飲むのにもピッタリなのよ？」

「グラスなのか」

それはいいと、キースは思う。

一緒にワインでも飲んで、のんびりしたい。

「それとね、お酒に合うチョコレートも買ってきたの！」

「やっぱりか」

「なによう……」

やはりスイーツもあったかと、キースはくつくつ笑う。

「まあいいさ、美味《うま》いワインと一緒に食べればいい。もちろん、付き合ってくれるんだろう？　妖精たちも、喜ぶ」

「そうね。妖精たちともしばらく会ってなかったから、なんだか寂しいわね……。みんな、今はいないの？」

姿の見えない妖精を捜《さが》すように視線をさ迷わせると、その理由をキースが教えてくれる。

「荒《あ》れた森の手入れをしてる。空と海の妖精も、それぞれの持ち場に掛《か》かり切りだ」

「あ、そうよね……。わたくしたちもこちらの処理が終わったら、手伝わなければね」

きゅっと拳《こぶし》を握りしめて、彼女はやる気を見せる。その様子が可愛《かわい》くて、キースは口元を緩め、そのまま頭に触れようとして手をのばして――がしっと第三者に手首をつかまれた。

「キース、人の妻に触れるな」

「アクア……お前はまーたタイミングよく戻ってくるな……」

キースはやれやれと肩をすくめ、触《さわ》らないと言うように手を上げる。

「とりあえず、二人とも無事だったぞ」

「ああ。感謝する。ありがとう、キース」

礼を告げて、ルカとリオの頭を撫でる。きっともう、二人ならばどんな困難に立ち向かうこともできるだろう。

第五章　二人の腕輪と水の精霊

「ティアラ様～！　アクア様～！　どこですかー!!」

マリンフォレストの王城の裏山に、アカリの声がこだまする。その泣きそうな声につられてか、妖精《ようせい》たちも同じようにティアラローズとアクアスティードのことを呼ぶ。

『ティアラ、どこ～!?』

『出てきたら新しいお菓子《かし》のお花育ててあげるからぁ～～！』

普段《ふだん》は一緒《いっしょ》にいないアカリと森の妖精たちも、今ばかりは気持ちが一緒のようだ。大声でティアラローズの名前を叫《さけ》び、森の中を捜《さが》しまわっている。


その後を追うのは、ハルトナイツとダレルだ。

二人もティアラローズとアクアスティードのことを心配し、捜している。

ティアラローズとアクアスティードが、星空を見に行ったことはアカリたちも知っていた。実は、アカリも別の場所でハルトナイツと星空を見ていたのだ。

その際、途中《とちゅう》で確かに海の魔力《まりょく》は感じた。感じたのだが……妖精の星祭りなのだから、そういうこともあるだろうとアカリはスルーしてしまった。

朝になってティアラローズたちと朝食を……という段階で、二人がいないことに気づいたのだ。

「はぁ、はっ……いませんね、ティアラお姉様……」

「ダレル、あまり無茶をするな。獣道《けものみち》だから、歩くのが大変だろう」

息を切らすダレルをハルトナイツが気遣《きづか》うが、ダレルはすぐに首を振《ふ》る。

「体力がないだけで、獣道は慣れているから大丈夫《だいじょうぶ》です。一番慣れていないのはきっと、ティアラお姉様です……」

アクアスティードが一緒にいるだろうが、それでも大変な目に遭《あ》っている可能性はある。

いや、ティアラローズのことだから何かしらの事案には巻き込まれているだろう。

山の中を駆《か》け回《まわ》ったアカリが、「どこにもいません～！」と泣きながらハルトナイツとダレルの下へ戻《もど》ってきた。

気配を感じることもできないので、近くにいないのだろうとアカリは結論を出したようだ。

「そうか……」

ハルトナイツは拳《こぶし》を握《にぎ》りしめ、どうしたものかと思案する。

そもそもの原因は、海の妖精王パールの魔力がとある理由で暴走してしまったことに起因する。

ハルトナイツも、アカリも、ダレルも、どちらかといえば魔法《まほう》は得意分野だ。むしろ、国でも十指に入るほどだろう。

ゆえに、パールの魔力の暴走により、それに当てられてどこか別の場所へ行ってしまった……ということは頭ではわかっていた。

けれど、一縷《いちる》の望みをかけて捜し回っていた。

「ティアラ様、どこにいっちゃったんだろう。きっと、楽しい乙女《おとめ》ゲームな展開を繰《く》り広《ひろ》げてるんだ」

「ちょっと待てアカリ、ティアラたちの心配をしてるんじゃないのか？」

泣きそうな声でティアラローズを捜していたのは、まさか自分も一緒に行きたかったという心の表れだったのか。

ひきつった表情で問うハルトナイツから、アカリは一瞬《いっしゅん》だけ視線を逸《そ》らす。そしてにっこり笑って、「そんなことありません！」と告げる。

「……嘘《うそ》だな」

「嘘ですね」

「ダレル君までっ⁉」

アカリはガガーンとショックを受けたが――まあ、仕方ないだろう。


「昨日の夜、わたくしがもっとちゃんと確認《かくにん》していればよかったんです……」

どんよりとしたフィリーネが、壁《かべ》に向かってティアラローズとアクアスティードの名前を呟《つぶや》く。

せっかくの星祭りなのだからと、ティアラローズとアクアスティードに許しをもらい、フィリーネもエリオットと一緒に星空を見ていたのだ。

そのため、普段は寝《ね》る前のティアラローズに挨拶《あいさつ》をするが、昨日はそれができなかった。

そして朝、登城したらティアラローズもアクアスティードもいなかった、というわけだ。

「ふぃーね？」

「ハッ！　失礼いたしました、ルチアローズ様。ティアラローズ様とアクアスティード陛《へい》下《か》は少しだけお出かけしているので、今はフィリーネと一緒に遊びましょうね」

「あーい」

ルチアローズは、フィリーネの言葉に笑顔《えがお》で頷《うなず》いた。

フィリーネはなんていい子なのだろうと思いながら、ティアラローズたちを捜しに行ったエリオットに早く見つけて帰って来てと、心の中で祈《いの》った。

「お前、自力で俺《おれ》のところに来たのか……」

目の前にいる人物を見て、キースは呆《あき》れたように呟いた。

「それは、まあ、頑張《がんば》りました。今回の件は、人間の力だけでどうにかするには、規模が大きすぎますから」

キースの鋭《するど》い視線に耐《た》えながらも言葉を続けたのは、エリオットだ。

今回の件に関して、早急《さっきゅう》な解決をするためには妖精王の力が必要不可欠であると判断した。それもあり、どうにか単身キースの下へとやってきた次第《しだい》である。

しかしキースは、大きくため息をつく。

「そりゃあ、俺だって助けてやりたいが……今回ばかりは、俺の役目じゃないからな。俺がなんかしたら、クレイルにどやされる」

「クレイル様に、ですか」

そこは原因になるパールではないのかと思ったエリオットだったが、そういえばあの二人は相思相愛だったということを思い出す。

確かに、たとえすぐに解決しなければならない問題ではあっても、クレイルからしてみれば、ほかの男に解決されては面目《めんぼく》が立たないだろう。

エリオットからすればいち早く解決する方向でお願いしたいところだが、いかんせん相手は妖精王だ。ここまで乗り込んできておいてなんだが、下手《へた》なことは言えない。

どうしようか百面相をしているエリオットを見て、キースはくつくつ笑う。

「まあ、そこまで気に病《や》むな。クレイルは優秀《ゆうしゅう》な空の妖精王だぞ？」

しかもパールがしでかしたことに対する責任なのだから、喜んで請《う》け負《お》うだろう。ということで、キースは割とすぐに解決すると踏《ふ》んでいる。それが、慌《あわ》てていない理由だ。

逆に一番慌てて心配している人物は――

「ああもう、どうして上手《うま》く魔力を操《あやつ》れないのじゃ!!」

王城裏手の山頂で、パールは声を荒《あら》らげる。

「落ち着いて、大丈夫だから」

「～っ、落ち着いていられるわけがなかろう！　ティアラはわらわのせいで、魔力の歪《ひず》みに巻き込まれてしまったのじゃぞ!?　いったいどこに行ったのか……」

わかることは、マリンフォレストにはいないということだ。祝福を与《あた》えているパールは、二人がマリンフォレストにいればその気配がわかる。

しかし今は、それを感じることができずに焦《あせ》っていた。

クレイルは思案しながらも、解決策を口にする。

「パールは魔力を使ってしまったから、おそらく先ほどと同じ規模で魔法を使うことは不可能だ」

「そんな……」

パールは絶望した表情で、クレイルを見つめる。

「でも」

「なんじゃ、解決策でもあると言うのかえ？」

「私とパール、二人で魔法を使えばもう一度歪みを起こすことができる。ただ、その際は向こう側になんらかの影響《えいきょう》を与えてしまうとは思うけれど……」

安全策ではないが、今考えうる最良であると、クレイルは告げる。

「むむ……それはまあ、確かに一理ある。元々、わらわよりもクレイルの方が力も大きいからの」

「そうそう。だからパール、私にすべて任せてくれたらいいよ」

「………」

嬉《うれ》しそうに告げるクレイルを、パールはジト目で睨《にら》む。

「そもそも……いや、いいのじゃ。すまぬが、力を貸してくれ」

クレイルのせいで魔力が暴走したのだと文句を言いたい気持ちはあったけれど、どちらにせよ自分の未熟さのせいだとパールは言葉を飲み込む。

「もちろん」

「……ん」

パールは頬《ほお》を染めながら、クレイルの手を取る。一回りほど大きなその手は、自分ほど柔《やわ》らかくはなくて……男の手であることを知る。

恥《は》ずかしさからか、思わず、パールの手がわずかにピクリと動く。

「ん？」

「……っ、な、なんでもないのじゃ。わらわが海の魔力で同じ歪みを探すから、おぬしはそれを空の魔力でこじ開けてほしいのじゃ」

「わかった」

クレイルの返事を聞いて、パールは小さく深呼吸する。

今はまだ魔力の歪みを感じることができるが、これ以上時間を空けたらそれも消えてしまうだろう。

――失敗はできない。

パールは集中し、自身の魔力をどんどん大きくしていく。そして感知した歪みを顕現《けんげん》させ、それを維持《いじ》させるためにありったけの魔力を流し込む。

今のパールでは、これが精一杯《せいいっぱい》だ。

「クレイル……っ！」

「――うん。あとは任せて、パール」

静かに返事をしたクレイルは、練り上げていた空の魔力をその歪みへとぶつけ――ティアラローズとアクアスティードがいるであろう場所と道を繋《つな》ぐ。

しかしこの際の魔力の調整が、なかなかに難しいのだ。強すぎても、弱すぎても、向こう側に影響を与えてしまう。

しかし魔力の調整に関することは、クレイルの得意分野だ。

キースはなんだかんだパワーでどうにかしてしまうし、パールは魔力の配分を決めることがあまり得意ではない。

「さあ、帰っておいで……ティアラローズ、アクアスティード――ッ」

クレイルが小さく呟いた瞬間《しゅんかん》、パールが感極《かんきわ》まり、繋いでいた手をぎゅっと握りしめてきた。その瞳《ひとみ》には涙《なみだ》の粒《つぶ》が見て取れる。

ああ、これは期待を裏切るわけにはいかない。クレイルはそう思ったのだが、思いのほか……パールに握られた手が、熱を持つ。

だからそれは、ちょっとした油断だったし、普段であればあり得ないことで。まあつまり、嬉しさでクレイルの魔力が……想定よりも多く放出されてしまったのだ。

「え？」

思わず口を開いて、パールはぽかんとする。

「ごめん。いや、でも……大丈夫。たぶん、向こう側の空がちょっと荒《あ》れるだけだから」

「ちょっと、のう……」

本当にそうなのだろうかと頭を抱《かか》えたくなったけれど、視界に現れたハニーピンクを見てそんなことは吹《ふ》き飛《と》んでしまった。

輝《かがや》く虹《にじ》の眩《まぶ》しさに瞬《まばた》きをした瞬間、ティアラローズの目の前にパールがいた。

空にかかっていた虹は姿を消してしまったが、視界に映ったのはいつも見ていたマリンフォレストの空だ。

すると、ティアラローズにどんと衝撃《しょうげき》が走った。

「ああっ、よかった……おぬしら無事に帰ってこられたのだな!!」

「おかえり、二人とも」

「パール様！　それに、クレイル様も」

いきおいよく抱《だ》きついてきたパールに、ティアラローズはよろける……が、すぐにアクアスティードが支えてくれた。

ティアラローズとアクアスティードは顔を見合わせて、苦笑《くしょう》する。どうやら、パールとクレイルにはひどく心配をかけてしまったようだ。

「すみません。ただいま戻りました、パール様、クレイル様」

「無事に戻ってこられてよかったとはいえ……わらわが魔力を暴走させてしまったゆえ。謝るのはわらわじゃ。すまなかった、ティアラ、アクア」

素直《すなお》に謝罪の言葉を口にするパールに、ティアラローズは首を振る。

確かに原因はパールだったかもしれないが、行った先では、何ものにも代えられない素《す》敵《てき》な出会いと経験があった。

――できることなら、もう少し話をしたかったわね。

きっともう二度と会うことのできないルカとリオを思《おも》い浮《う》かべ、ティアラローズは懐《なつ》かしい気持ちになる。

エレーネにも挨拶をしたかったけれど、結局会うことすらできなかった。

そう考えると、一瞬一瞬の出会いと、その時間はとても大切なものだ。

「わたくしは大丈夫です。心配してくださってありがとうございます、パール様」

「おぬしは人がよすぎじゃ、ティアラ。わらわのせいだというに……。それに、おぬしらが帰るための道を繋いだのは、クレイルの空の魔力じゃ」

だから感謝の言葉を述べるならクレイルだけにしろと、パールが言う。ティアラローズとしては、心配してくれたのだから二人にお礼が言いたいのだけれど……。

ティアラローズは微笑《ほほえ》み、「わかりました」とパールの意思を尊重する。

「助けていただきありがとうございました、クレイル様」

「感謝する。ありがとう、クレイル」

「……そんな大それたことはしていないよ。どのみち、パールが歪みを見つけなきゃ私にもどうしようもできなかったからね」

クレイルはそんな風に強がってみせたけれど、わずかに足がふらついた。

「あれ……」

「ちょ、クレイル!!」

慌ててパールが支えると、クレイルは苦笑した。

「最後、ちょっと魔力を使いすぎたようだ。少し休めば回復するよ」

「おぬしはまったく……そういうことはすぐに言えと!」

「あはは、ごめんパール。ちょっとは格好良いところを見せたくて」

「～～～っ！」

クレイルの言葉に、パールは顔を赤く染める。人前でそんな恥ずかしいことを言うんじゃないと、その頬をつねる。

「パール、いひゃいよ」

「ふんっ！　ティアラ、アクア。わらわはクレイルを連れて宮に戻る。おぬしらのことは、向こうでみなが探していたから合流して城に戻るといい」

「あ、はい。わかりました。お二人でゆっくりしてくださいね、パール様、クレイル様」

ティアラローズがそう言うと、パールはさらに耳まで赤くする。

「べ、別に二人でゆっくりするわけではない！　わらわのせいで魔力を使わせすぎてしまったから、宮で休ませてやるだけじゃ!!」

「はい」

パールが反論をするも、ティアラローズは嬉しそうににこにこするだけだ。

その笑顔にすべてを見破られているような気がして……パールは恥ずかしさで泣きそうになりながらクレイルを抱えて転移していった。

そこでふと、そういえばあの空の異変はもしやクレイルの干渉《かんしょう》した魔力――いいや、考えてはいけないとティアラローズは首を振った。

「ティアラローズざまあぁぁぁっ‼」

無事にアカリたちと王城に戻ると、涙を流しながらフィリーネが抱きついてきた。思っていた以上に、心配をかけてしまっていたようだ。

パールとクレイルが転移したあと、ティアラローズたちは山の中をうろつくアカリたちと合流して王城へ戻ってきた。

アカリにはどんなイベントが起きたのか詳《くわ》しく教えてくれと言われたが、まずはルチアローズの様子を見たりしなければならないからとやんわり断った。けれど、きっと夜になったら突撃《とつげき》してくるだろう。

「心配をかけてしまってごめんなさいね、フィリーネ。わたくしも、アクアも、大丈夫よ」

「はぃ、本当にご無事でよかったです……」

止まらないフィリーネの涙をハンカチで拭《ぬぐ》い、ティアラローズは「ありがとう」と微笑む。

部屋の隅《すみ》では、お昼寝《ひるね》用のベッドでルチアローズが気持ちよさそうに眠《ねむ》っていた。フィリーネが面倒《めんどう》を見てくれたおかげで、ルチアローズは不安にならずにすんだようだ。

ティアラローズの言葉に、フィリーネはぶんぶん首を振る。

「いいえ、当然です。とってもいい子ですから」

「ええ。お腹《なか》の子が生まれたら、ルチアローズ様は、お姉ちゃんになるのね」

「あ、そうですね……。なんというか、あっという間に成長してしまいますね……」

嬉しいのだが、同時に寂《さび》しくもあるとフィリーネは眉《まゆ》を下げようとして——ハッとする。

「ティアラローズ様、そのお姿は……」

「あ」

フィリーネの言葉に、そうだったと苦笑する。

向こうで借りた騎士《きし》服は問題ないのだが、雷雨《らいう》の中で動き回ったため泥《どろ》などの汚《よご》れがとても目立ってしまっている。

「すみません、わたくしったら気づかなくて……！　すぐにお風呂《ふろ》を準備します‼」

「ありがとう、フィリーネ」

慌てて支度《したく》に走るフィリーネを見て、ティアラローズはくすりと笑う。さっきまでの涙は、もうすっかり引っ込んでしまったようだ。

ティアラローズはルチアローズの側《そば》に行き、その寝顔《ねがお》を覗《のぞ》き込《こ》む。

ぷっくりした頬に、小さくて可愛《かわい》い手。ついこの間まであんなに小さかったのに、こんなに大きくなってしまった。

その頬に触《ふ》れたいが、まだ汚れを落としていないので愛らしい寝顔だけで我慢《がまん》する。

「そういえば、アクアは大丈夫だったかしら」

一度エリオットに現状を確認してから風呂や着替《きが》えをすると言っていたが、無事に会えただろうか。

向かった先は執務室《しつむしつ》だったので、いなければすぐここへ来るだろうけど……。

ティアラローズがそんなことを考えていると、「お待たせしました!」とフィリーネが戻ってきた。

さすがは優秀な侍女《じじょ》だけあって、仕事が早い。

「ありがとう、フィリーネ。それと、アクアがエリオットに会いにいったけれど……執務室にいるのかしら?」

「え? エリオット、ティアラローズ様と一緒に戻らなかったんですか?」

「――え?」

ティアラローズとフィリーネは、二人で首を傾《かし》げる。

てっきり王城に残り、仕事などの処理を進めてくれているものだと思っていたが、そうではなかったのだろうか。

「エリオットは、ティアラローズ様たちを捜しに行ったんです。ですから、ティアラローズ様やアカリ様たちと一緒に帰ってきたものだとばかり……」

「エリオットは、アカリ様たちと一緒ではなかったわよ？」

「あら……」

もしかしたら、まだ山の中でティアラローズたちのことを捜しているのかもしれない。

ティアラローズは「いけない！　すぐに捜さないと」と扉《とびら》へ向かい——その前に、キースが姿を見せた。

「わっ、キース！　また突然《とつぜん》——って、エリオット？」

「エリオット⁉」

キースとともに、エリオットまで一緒に現れた。

「無事に帰ってきたみたいだな、ティアラ」

「え、ええ。そういうキースは、なんでエリオットと？」

珍《めずら》しい組み合わせだと、ティアラローズは思う。

「ああ。お前らを捜すために、俺のところまで来たんだ。思ってた以上に、アクアの部下は優秀だな」

「あはは、ありがとうございます」

キースの言葉にエリオットは照れながら、「ただいま戻りました」と帰還《きかん》の言葉を口にした。

「ティアラローズ様が無事でよかったです。アクアスティード様は……？」

「アクアは、エリオットを探して執務室に行ったわ」

「え、すぐに向かいます!!」

「お願いね」

エリオットが慌てて出ていくのを見て、フィリーネは頭を抱える。しっかりしているのか、抜《ぬ》けているのか、判断に困る。

「にしても、ボロボロだな……」

「あー……雷雨にやられてしまって。今からお風呂です」

「風邪《かぜ》でも引くといけないから、早く入ってこい。妖精たち」

キースが指を鳴らすと、『はーい！』と森の妖精が姿を見せた。その手には、花が漬《つ》かる液体の入った瓶《びん》を持っている。

『お風呂をお花にしちゃうよ～！』

「えっ!?」

森の妖精はきゃらきゃら笑って、一目散にお風呂へ向かって飛んでいく。その速さは、目で追うことができないほどだ。

「森特製の『花風呂』だ。早くゆっくりしてこい」

「キース……。ありがとう、ゆっくり浸《つ》からせてもらうわね」

ティアラローズがお礼を言うと、キースは「おう」と一言だけ返事をし、転移で消えた。

ティアラローズが休まるようにと、気を使って帰ったようだ。

「……慌ただしかったわね」

「そうですね。さあ、お風呂に行きましょう。ティアラローズ様」

「ええ」


お風呂に到着《とうちゃく》すると、すでに妖精の姿はなかった。どうやら、花風呂にしてすぐに帰ってしまったようだ。

キース同様、ティアラローズがゆっくり休めるように配慮《はいりょ》してくれたのだろう。

騎士服を脱《ぬ》いでお風呂場へ足を踏み入れると、花の甘い香りに包まれた。森の妖精王が花風呂と称《しょう》するだけあって、目を見張る光景だった。

薄桃色《うすももいろ》のにごり湯で、ぽこぽこと上がってくる空気の代わりに花が浮かんできては、パッと消える。浴槽《よくそう》の縁《ふち》には花が咲《さ》き、それが底まで根を張らせてお湯を循環《じゅんかん》させているようだ。

「すごい……」

こんなお風呂、天然の温泉でだって見られるものではないだろう。

お湯に指先を浸けると、じんわりした温かさが心地《ここち》よい。温度は少し低めに設定されているようで、ゆっくり長風呂を楽しむことができそうだ。

入るために早く汚れを落とさなければ！　と、ティアラローズは石鹸《せっけん》を手に取った。すると、脱衣室《だついしつ》からフィリーネの声が耳に届く。

「お背中を流しますか？　ティアラローズ様」

その声に、どうしようかと悩《なや》む。

疲《つか》れているときはフィリーネにお願いすることもあるけれど、一人でゆっくりするのも大好きなのだ。

「あ……」

ふと視界に入った自分の髪《かみ》が、思った以上に汚れていることに気づく。泥が跳《は》ねている箇所《かしょ》が所どころにあるので、自分一人で完璧《かんぺき》に洗うのは難しいかもしれない。

ここはフィリーネに甘えてしまおう。

「髪の汚れがすごいから、お願いしてもいいかしら」

「もちろんです！　頭のてっぺんから足の指の先まで——あ」

「フィリーネ？」

ピカピカに磨《みが》いてみせますというフィリーネの意気込《いきご》みの声が、途絶《とだ》えた。

どうしたのだろうと脱衣室へ続くドアへ視線を向けると、フィリーネではなくアクアスティードが立っていた。

「あ、あくあ？」

「ティアラの髪、私に洗わせて」

そう言い、腰《こし》にタオルを一枚巻いたアクアスティードが入ってきた。止める間なんて一瞬もなかったし、アクアスティードもまだ汚れたままで……。

「えっと……はい」

ティアラローズは赤くなりながらも、頷くしかなかった。


二人で湯船に浸かって、息をつく。

――が、ティアラローズは後ろからアクアスティードに抱きしめられているので、どうにも落ち着かずにそわそわしてしまう。

アクアスティードの指がうなじに触れて、びくっと体が跳ねる。

「ティアラの髪は、柔らかくて綺麗《きれい》だね」

「……っ、ありがとうございます」

ちゅ、と。アクアスティードの唇《くちびる》がうなじに印をつけた。

――はわわわっ！

アクアスティードの一挙一動に、動揺《どうよう》してしまう。もっと冷静になりたいのに、シチュエーションがそうはさせてくれない。

「あ、あくあっ、その、髪を……」

洗うのではなかったのかと、ティアラローズは顔を真《ま》っ赤《か》にして問いかける。

「そういえばそうだった。……つい、ティアラが綺麗でどうしてもほかのことにも目がいってしまうね」

「……っ！」

アクアスティードはさらりとそんなことを言って、シャンプーでティアラローズの髪を丁寧《ていねい》に洗い始めた。

先ほど森の妖精が一緒に用意してくれた、花の香りがする蜂蜜《はちみつ》入りのシャンプーだ。泡《あわ》立《だ》ちがよく、泥汚れは泡に包まれてあっという間に落ちてしまう。

ハニーピンクの髪を一房《ひとふさ》ずつ洗っていき、わずかな汚れも見逃《みのが》さないというアクアスティードの気迫《きはく》を感じる。

——気持ちいい。

アクアスティードのテクニックに、ティアラローズはとろけてしまいそうだ。

頭皮はマッサージをするように洗われ、その力強さがほどよいのだ。なんというか、ティアラローズのツボを押さえていると言えばいいだろうか。

最後によく泡を流すと、艶《つや》やかで美しい、いつものティアラローズの髪に戻る。

「……はい、終わり」

「ありがとうございます、アクア」

お礼を告げると、「また洗ってあげるよ」とアクアスティードがティアラローズの髪に触れる。どうやら、洗うのが気に入ってしまったようだ。

「え、あ……お手柔らかにお願いします」

「――うん」

こうして、夫婦《ふうふ》の甘い時間は過ぎていった。


ティアラローズとアクアスティードが無事に戻ってきた、翌日の夜。

部屋に、アカリの大声が響《ひび》いた。

「えええええ～⁉　そんなすごい大冒険《だいぼうけん》があったんですか⁉」

案の定というかなんというか、アカリがオリヴィアを連れてティアラローズの下を訪ねてきたのだ。

二人でパジャマに身を包んで、いつかの女子会のようにベッドの上にスイーツを広げて話をする。

ルチアローズは、アクアスティードが面倒を見てくれている。

「いいなぁ、私も行きたかった～！」

「簡単に言いますけど、大変だったんですからね……アカリ様」

けして面白《おもしろ》がって行く場所ではないのだが、アカリには言ってもわからなさそうだ。

「そんな場所があったなんて……！　わたくしも行ってみたかったです‼」

「オリヴィア様まで……」

瞳をらんらんとさせているのは、オリヴィア・アリアーデル。

腰まで伸《の》びた艶やかなローズレッドの髪に、強気な瞳。変装用に使っていた伊達眼鏡《だてめがね》がすっかり気に入り、普段使いをしている。

アリアーデル公爵《こうしゃく》家の娘《むすめ》だが、もう一つ、この世界での重要な役割がある。それは、『ラピスラズリの指輪』の続編の悪役令嬢《れいじょう》だということだ。

しかし別に、悪いことをしようとしているわけではない。彼女はこの乙女ゲーム、もとい世界を愛《あい》しすぎている。

尊《とうと》すぎて鼻血を出し、失血死しそうになったのなんて数えきれないほど。趣味《しゅみ》は聖地巡礼《じゅんれい》の、生粋《きっすい》のオタクである。

オリヴィアは常々、この世界は隅々まで行くことがとても難しいと考えている。

「わたくしもぜひ行きたいですが、妖精王の力を借りないと行けないというのは……ハードルが高すぎますわ。レヴィがなんとかしてくれないかしら」

「力を借りるとか、そういう話ではないです……」

偶然《ぐうぜん》の事故で違《ちが》う場所へ行ってしまっただけであって、お願いしてそこへ行かせてもらったわけではない。

パールとクレイルも、繋がった先はどこだか知らなかったはずだし、頼《たの》んだとしても間《ま》違《ちが》いなく断られるだろう。

ティアラローズの言葉に、オリヴィアは「残念ですわ」とため息をつく。

「でもでも、この世界を隅々まで見て回るっていうのは私も賛成！　妖精や精霊《せいれい》、ドワーフだっていたんだもん。この世界には、もっともっと神秘的な何かがあってもいいと思うの！」

アカリはわくわくしながら、未知の世界を想像している。

確かにそれは楽しそうだし、いつか世界旅行をしてみるのもいいと、ティアラローズも思う。しかしそれには、大きな問題もあるのだ。

「わたくしたちは、そう簡単に出かけられる身分ではありませんよ……」

ティアラローズはマリンフォレストの王妃《おうひ》であるし、アカリはラピスラズリ王国の王子妃。オリヴィアは結婚《けっこん》していないけれど、公爵家の令嬢としてすべきことも多いだろう。

「そうなんですよね～」

「不便な身分ですよね～」

アカリとオリヴィアは、同時にうなだれた。

「かといって、夜逃《よに》げ？　するわけにもいかないですもんね」

「いっそゲームのエンディングで追放されたらよかったんですけど……なかなか」

「ちょ、アカリ様、オリヴィア様！　冗談《じょうだん》でもそんなことを口にしないでくださいませ」

いったいどこに夜逃げする王族がいるのか。

しかもエンディング後に追放なんて、悲しすぎる。というか、どんな結末になったとしてもアクアスティードとティアラローズがオリヴィアを追放なんてさせはしないが。

ティアラローズは痛くなる頭を押さえながら、小さく息をつく。

「とりあえず、今は旅行で我慢しましょう？」

「そうですね……。マリンフォレストも隅々まで見ていませんし、まずは近場のマップを埋《う》め尽《つ》くすところからですね！」

アカリがぐっと拳を握りしめると、「それです！」とオリヴィアもはしゃぐ。

「ラピスラズリ王国の地下にはノーム様の――ドワーフたちの王国があったでしょう？　もしかしたら、マリンフォレストの地下にも何かあるんじゃないかしら！」

オリヴィアの言葉に、ティアラローズとアカリは驚《おどろ》く。しかし、調べたわけではないので完全に否定することはできない。

「ええええっ!?」

そもそもこの王城にも、ゲームのシナリオの一部として地下が作られているのだから。

「最近、古い地理関係の本を読むのにはまっていますの。もしかしたら、地下へ続く道が書かれているかもしれないでしょう？　レヴィにも、調べてもらっているの」

めちゃくちゃやる気のオリヴィアは、きっと誰《だれ》よりもマリンフォレストの地理を把握《はあく》しているだろう。

そしてそれに付き合うレヴィも本当にすごいなと、ティアラローズは思う。

話は変わり、ティアラローズの第二子の話題になった。

「また魔力が膨大《ぼうだい》なんですよね？　次はいったいどんな子が生まれてくるんでしょう。ティアラローズ様に似ても、アクアスティード陛下に似ても、美しいことこの上ないですね」

オリヴィアがキラキラ瞳を輝かせ、妄想《もうそう》にふけっている。

「私に子どもがいたら、婚約《こんやく》を申し込むのに～！　ティアラ様、将来絶対に結婚しましょうね！」

「アカリ様、それは却下《きゃっか》です……」

というか、それではアカリがティアラローズにプロポーズしたような言い回しではないか。

苦笑しつつも、二人にティアラローズとアクアスティードの考えを伝える。

「子どもには、ある程度は自由に恋愛《れんあい》をしてほしいと考えています。もちろん、なんでも許す……というわけではないですけど」

ただ、間違っても本人が嫌《いや》がるような相手と無理やり結婚させるといったことはしない。

しかしだからといって、誰でもオーケーというわけでもない。やはり王族であるのだから、絶対に譲《ゆず》れない部分はあるのだ。それは身分であったり、その志《こころざし》や国を愛することができるかどうか、ということだろう。

「すごい考えてて、偉《えら》いです……」

「アカリ様……」

「あ、大丈夫ですよ。私はラピスラズリどころかこの世界を愛してますから！」

ハルトナイツに嫁《とつ》いだ自分は、ちゃんと譲れない部分を守っているとアカリは胸を張る。

――アカリ様のところは、かなり自由そうね。

きっとアカリは、何があっても子どもの味方でいるのだろうと思う。それこそ、王族という身分を捨てて好きな人と駆け落ちを――なんて言われても、応援《おうえん》するのだろう。

ティアラローズにはそれができないように思うので、ある意味純粋《じゅんすい》なアカリはとても眩しい存在だ。

「とはいっても、まだまだ未来の話ですからね。今は元気に育ってくれることが、一番です」

「そうですわね！　あぁっ、わたくしは今からルチアちゃんの社交デビューが楽しみで仕方ありませんわ……っ‼　それまでにビデオカメラを発明できたりしないかしら……」

すべてを収めておきたいと、オリヴィアは涙ながらに語る。

それからしばらく雑談して、あまり遅《おそ》くならないうちに三人はベッドへ横になった。身ごもっているティアラローズに、夜更《よふ》かしなんてさせられないからだ。

それぞれ生まれてくる赤ちゃんを想像しながら、眠りについた。

ティアラローズがルチアローズと一緒につみきで遊んでいると、頭を抱えたアクアスティードがやってきた。

「アクア？」

「ぱぁぱ？」

いったいどうしたのだろうと、ティアラローズとルチアローズが一緒に首を傾げる。

「実はアカリ嬢《じょう》とダレルが、ウンディーネの住み処《すか》へ向かったらしいんだ。二人で」

「二人で」

アクアスティードの言葉を聞いて、ティアラローズも頭を抱えた。

アカリとダレルはマリンフォレストに滞在《たいざい》していたはずだが、いったいどういうことなのか。

「ダレルが海の妖精に祝福をしてもらったみたいでね。これで泉の底に潜《もぐ》れるって言いながら馬に乗って飛び出したそうだよ」

「そう……ですか…………」

その光景は、ティアラローズの脳裏《のうり》に簡単に浮かび上がってしまった。ちなみにハルトナイツが置いていかれてしまっていることには、誰も気づいていない。


「ダレル君、大丈夫？　きつくない～？」

「大丈夫ですけど……やっぱり、ティアラお姉様とアクアお兄様にちゃんと伝えてから来た方がよかったと思うんですが……っ」

「だいじょーぶっ！」

ダレルは若干《じゃっかん》涙目になりながら、前を馬で駆けるアカリの後ろ姿を見る。

ことの発端《ほったん》は、数時間前に遡《さかのぼ》る。

ウンディーネが残したものを手に入れるため、ダレルは泉の底へ行く方法を模索《もさく》していた。やり方はないかと、海の妖精に聞いたのだ。

そのとき、仲良くなった海の妖精が『できるよ！』と祝福をくれたのだ。

アカリにはウンディーネの住み処を探してもらった恩などもあったため、一番に報告したら——気づいたらもう出発していた、というわけだ。

——本当に大丈夫でしょうか……。

別にアカリのことを信じていないわけではないが、その考えなしに行動するところはちょっと苦手だ。

どうしてそうするのか、ちゃんと理由を説明してくれたらいいのにと、ダレルは思ってしまうのだが……アカリは欲望のまま動いているので難しいかもしれない。

とはいえ、師匠《ししょう》であるウンディーネのことを知り、しっかりしたいというダレルの想《おも》いもある。

だから結局、アカリに流されるまま一緒に来てしまったのだ。

それから数日。

ダレルとアカリはマリンフォレスト王国とラピスラズリ王国の国境付近へやってきた。

ここまで来たら、あとはもう目と鼻の先だ。

ウンディーネの住み処のある森へ入り、獣道をひたすら歩いた。

そして再び、ウンディーネの住み処へと戻ってきた。

昔と変わらない木造の家に、生《お》い茂《しげ》った植物。家の前の泉も何も変わっていなくて、ダレルは少しだけほっとする。

「……この泉の下に、師匠が私に託《たく》したものがあるんですね」

先日、ここへ来た際——ダレルたちは、師匠の日記を発見した。

まるでミミズが這《は》ったような文字で書かれていたけれど、どうにか読むことができたその日記。

そこには、魔法のこと、薬草のこと、好きな食べ物や日頃《ひごろ》思った他愛《たわい》のないことまで書かれていたが……弟子《でし》である、ダレルへのメッセージも書かれていた。

『ダレルへ。

一人にしてしまって、ごめーんね。

あまりいい師匠じゃなかっただろうけど、最後に師匠らしく君に贈《おく》り物《もの》をするーよ。

泉の底に沈《しず》めた小箱を、愛《いと》しい弟子へ。

師匠ことウンディーネ』

そう、やっぱりダレルの師匠は水の精霊ウンディーネだったのだ。

ダレルは静かに深呼吸して、「行きます」と告げる。

海の妖精の祝福で得た、水の中で呼吸することができる魔法。体の周囲に膜《まく》を張って、風船の中に入るようなイメージだ。

「気をつけてね、ダレル君！」

「はいっ！」

アカリに見守られながら、ダレルは泉の中に飛び込んだ。

こぽこぽ泉の中を沈んでいくが、不思議と暗くはなかった。

上から太陽の光が差し込んでいるからだと思ったけれど、どうやら下の方にもわずかながら光源があるようだ。

――石か何か……？

師匠は一風変わったものをいろいろ持っていた。その中に、光る石や花があったことは、ダレルも覚えている。だから、てっきり光る石だと思ったのだ。

そうではないと気づいたのは、沈んで五分ほど経《た》ったときだった。

「……違う、小箱が光ってるんだ」

深い深い泉の底に到着するのに、軽く五分以上かかってしまった。三分ほど過ぎたところで、本当に底があるか不安になったほどだ。

ダレルがゆっくり水底に足をつくと、わずかに砂が舞《ま》う。よく見ると、キラキラ光っているのがわかった。

「これ、砂が光ってる……んじゃなくて、細かい宝石が混じってるんだ」

砂ほどに細かくなった宝石の欠片《かけら》が、光を受けて輝いていたようだ。そのため、水底であるにもかかわらず明るかったらしい。

水底に眠るように置かれていた小箱は、簡素な木箱だった。

膜から手を出すと、ひやりとした水の冷たさに震《ふる》える。しかししっかり小箱をつかんで、ダレルは抱きしめた。

これが、師匠から自分への最初で最後の贈り物だ。

ダレルが地上に戻ると、アカリが出迎《でむか》えてくれた。

「おかえり、ダレル君！　あっ、それが師匠からの贈り物？　中身はなんだった⁉」

弟子よりテンションの高いアカリは、わくわくしながらダレルの持つ小箱を見る。しかし、ダレルは困ったように小箱を振って見せた。

「実はこれ、開かないんですよ」

「え？」

思ってもみなかった展開に、アカリは目が点になる。伝説の精霊の、すごいお宝を見ることができるとばかり思っていたのに……。

「私がやってみてもいい？」

「はい」

アカリはダレルに小箱を渡してもらって、開けようと力を入れるが……びくともしない。

「えええぇっ⁉　でも、ここにちゃんと境目があるから、開くはずなんだけどなぁ」

ひっくり返してみたりしたけれど、ほかに開けられるようなところはない。しかし、師匠の日記にも開け方なんて書かれてはいなかった。

かといって、家の中にはもう目ぼしいものは何もない。

アカリは探偵《たんてい》のようなポーズをとって、じっと箱を見る。もしかしたら、何か閃《ひらめ》くかもしれない。

「と思ったけど、わかんないや……。私、謎解《なぞと》き系って苦手なのよね……」

「もしかしたら、魔道具《まどうぐ》の一種かもしれません。長期戦で、頑張ります」

師匠は無茶ぶりをする人――精霊ではあったけれど、できないことを振ることはしなかった。だからきっと、ダレルであればこの小箱を開けることができるのだろう。

ダレルは小箱を胸に抱え、いっときだけ師匠との想い出に心を寄せた。


「母子ともに健康ですね」

ダレルの言葉に、ティアラローズは安堵《あんど》に胸を撫《な》でおろす。お腹の赤ちゃんは魔力も安定していて、すくすく成長しているようだ。

ダレルがアカリと一緒にウンディーネの住み処へ行ってから、数ヶ月が経った。ティアラローズのお腹はずいぶん大きくなっており、予定日までひと月ほどだ。

ダレルはティアラローズの体調を見るため、妖精の星祭り以降マリンフォレストに滞在してくれている。

「ありがとう、ダレル。とっても心強いわ」

「いいえ。ティアラお姉様のお役に立てて嬉しいです」

ダレルが微笑むと、ティアラローズの横に座っていたアクアスティードも「頼もしいな」と笑顔を見せる。

「ティアラお姉様は、私の大切なお姉様ですから。生まれてくる赤ちゃんも、しっかり守ってみせます！」

力強いダレルの言葉に、ティアラローズはなんて出来た弟なのだろうと感動する。

ルチアローズのときもそうだったが、ダレルには何度も助けてもらった。感謝してもしきれないのだ。

「ありがとう、ダレル！」

ティアラローズがぎゅっと抱きつくと、ダレルは嬉しそうに抱きしめ返してくれる。しかしすぐに、冷静に今後のことを話す。

「重いものを運んだりするのはよくないですけど、運動をしないのも駄目《だめ》ですよ。アクアお兄様と、庭園を散歩したりしてくださいね。それから、知らない人に不用意に近づいてはいけません。もしかしたら、魔力が強いかもしれませんからね……それと」

ダレルはカフェインの摂取《せっしゅ》や、夜更かしなど、思いつく限りのことを気をつけるようにと、ティアラローズに説明してくれる。

「……出産まで、あと一ヶ月ですね。お父様に手紙を出したら、絶対に行くと返事がきました」

「お父様ったら……」

ラピスラズリでの仕事が忙《いそが》しいだろうにと、ティアラローズは苦笑する。けれど、自分のことや、孫のことを大切に思ってくれているということは、よくわかっている。

早く会えたらいいなと、ティアラローズは微笑んだ。

診察《しんさつ》が終わって、ティアラローズたちは三人でティータイムだ。

華《はな》やかな花茶の香りに、ほっとする。大好きなお菓子も並べられており、どれから食べようかわくわくしてしまう。

ルチアローズを妊娠《にんしん》した際は、まさかのスイーツ悪阻《つわり》があったけれど、今回は何事もなく過ごすことができていた。体がだるかったり、食欲のないときもあったけれど……スイーツは別腹だった。

そのことだけは、神に感謝を捧《ささ》げたほど。

スイーツが食べられたら、とりあえずなんとかなるのだ。

「そういえばダレル、ダレルこそ変わりはない？　水の精霊ウンディーネのこととか、心配事もあったから」

「うーん……特に進展はないです。小箱もご覧の通りで、まったく開いてくれる気配がないんですよ」

ダレルの前には、泉の底にあった小箱が置いてある。

何があるかわからないので、日ごろから持ち歩いているのだ。しかし、いまだに開く気配は微塵《みじん》もない。

アクアスティードも小箱を見て、「不思議な仕組みだな」と告げる。

力づくでも、魔力を流しても、この小箱は開かなかった。

「ただ、やっぱり魔力を吸い取る感覚があるので、魔力を流してみたりはしてるんですけど……」

自分の魔力が足りないか、まだこの小箱が必要なときではないからだろうと、ダレルは思っている。

「わたくしたちも何かわかったら伝えるわ。ダレルも、何かあったらいつでも相談してちょうだい。必ず力になるわ」

「ありがとうございます、ティアラお姉様！」

それからしばらく雑談して、お開きとなった。

「──あ」

「ティアラ？」

朝食を口に運ぼうとした瞬間、ティアラローズの体がピタリと止まった。正確には、お腹に違和感《いわかん》を覚えて動くことができなくなった。

出産予定日まではあと五日ほどあったけれど、前後するのは珍しいことではない。

すぐにアクアスティードが席を立ち、ティアラローズの体を支える。

赤ちゃんがすぐに生まれるわけではないことは、ルチアローズが生まれたときの経験でわかっている。

まずはティアラローズが落ち着けるように、優《やさ》しく背中をさする。

「エリオットは医師に、フィリーネはダレルに連絡《れんらく》を」

「はいっ！」

「すぐに！」

アクアスティードはゆっくりティアラローズを抱き上げて、部屋を出た。出産を行う部屋は、いつでも使えるようにすでに準備されている。

歩く速度に気をつけながら、アクアスティードはタルモを先頭にして急いだ。

今回の出産は、アクアスティードも立ち会いすることになっている。

医師には駄目だと言われたが、ティアラローズが受け入れてくれたこともあり、押し切らせてもらった。

辛《つら》そうに呼吸を繰《く》り返《かえ》すティアラローズの手を握って、アクアスティードは「大丈夫、しっかり」と声をかける。

アクアスティードの顔を見たティアラローズが、ふっと笑った。

「眉間《みけん》に皺《しわ》がよっていますよ、パパ」

「……どうにも緊張《きんちょう》してしまってね。ティアラの辛さを、少しでも代わってあげられたらいいのに」

第一子出産の際は隣《となり》の部屋で落ち着かないまま待っていたが、一緒にいるというのはもっと落ち着かないものだ。

ティアラローズが少しでも声をあげると、心臓がひどく大きな音を立てる。

「——あっ、うぅ」

「ティアラ！」

「はぁ、はっ、だいじょ、ぶ。元気な赤ちゃんを産みます……から、ね？」

「……ああ」

アクアスティードはティアラローズの手を握り返して、無事に生まれますようにと祈る。

きっと、隣の部屋で待機しているダレルや、ほかのみんなもそうだろう。

それからほどなくして——産声《うぶごえ》が上がった。

「ふえぇぇぇんっ、ふえぇ」

「生まれた……！」

「よか……っ、あ、うぅ……っ」

しかし、ティアラローズの体の違和感は消えなかった。そして耳に届くのは、「もう一人！」という医師の声。

「……っ、〜〜〜っ‼」

ティアラローズがいきむのと同時に、再び産声が上がる。

「ふえぇぇっ、ふえぇんっ」

二人の赤ちゃんを出産し、ティアラローズは大きく息をはく。双子《ふたご》だなんてまったく想像していなかったので、生まれた赤ちゃんを見て目を見開く。

「男の御子《みこ》です、二人の王子です‼」

医師の声に、室内がわっと沸《わ》く。

ティアラローズが産んだ初めての王子だ。これを喜ばずして、どうしようか。ティアラローズは涙ぐみながらも、必死に体を起こす。

「ティアラ」

「……アクア」

アクアスティードに背中を支えてもらい、二人で赤ちゃんを医師から受け取る。抱くと、その柔らかさや、確かな鼓動《こどう》が伝わってくる。

無事に生まれてくれたというだけで、ただただ嬉しい。

しかし、そんな安らかな時間は一瞬で終わってしまった。

二人の赤ちゃんの魔力が、膨《ふく》れ上がったのだ。おそらく、胎内《たいない》から出たことによって、環境が変わってしまったためだろう。

医師が「ダレル様を呼んでください！」と叫ぶのと、同時だったろうか。

アクアスティードが赤ちゃんに腕輪をはめた。

「それ、は……」

腕輪は、ティアラローズも見たことのあるものだ。

不思議な体験の別《わか》れ際《ぎわ》に、ルカとリオから譲り受けた月の腕輪と太陽の腕輪。それぞれの魔力を抑える役割があると言っていたものだ。

——ルカは、赤ちゃんの魔力を抑える必要があると……予想していたのね。

赤ちゃんのために大切な腕輪を譲ってくれたことに、涙が溢《あふ》れそうになる。

この腕輪があれば、赤ちゃんの魔力を抑えることができるだろう。ティアラローズが二人に感謝し、ほっとしたそのとき――なぜか消えかかっている腕輪に目を見開いた。

「な……っ⁉」

これにはアクアスティードも驚いたようで、赤ちゃんの腕《うで》にはめられた腕輪に触れようとしている。

しかし、まるで透明《とうめい》になってしまったかのように、触れることが叶《かな》わない。

「赤ちゃんが……っ」

このままでは、魔力が爆発《ばくはつ》してしまうかもしれない。

腕輪のおかげで安心だとばかり思っていたのに、こんなのはあんまりだ。やはり、違う場所から持ってきたものだからいけなかったのだろうか。

――せっかく、ルカとリオがくれた大切な腕輪だったのに。

ああでも、もし、もし消えて二人の下へ還《かえ》るのだとしたら……それはそれで、よかったのかもしれない。

が、かといって腕輪がなくなってしまうのは非常に困る。

どうにかしなければと、ティアラローズが泣きそうになりながら必死に考えていると、勢いよく扉が開いた。

「ティアラお姉様!」

——ダレル!

その手には、片時も手放さないウンディーネの小箱があった。普段の見慣れた光景なのだが、いつもと違う点が一つ。

ウンディーネの小箱が、水色に光っていた。

同時に、赤ちゃんにはめた腕輪も同じ光を発していた。まるで、箱と共鳴しているように見える。

ダレルは消えかかる腕輪を見て、何度も目を瞬《しばたた》かせた。

「その腕輪、ほんの少しですけど……師匠の魔力を感じます」

いったいなぜ?

自然にダレルの足は動き、泣き続ける赤ちゃんの腕輪にその手で触れた。すると、ダレルの体をウンディーネの魔力が通り抜けた。

「ああ、そうか……この腕輪は、師匠の腕輪だったんですね」

何かを悟《さと》ったように告げたダレルは、今まで感じたことのないほどの、水の魔力を操りウンディーネの小箱を開けた。

——ティアラローズとアクアスティードの視線がその小箱に注がれる。そしてダレルが小箱から取り出したのは、対《つい》の腕輪だった。

ルカのつけていた月の腕輪と、リオのつけていた太陽の腕輪。

けれど、少しだけ違うのは……ウンディーネの水の印が入っているところ。

ティアラローズの脳裏に、ルカの『改良したんです』という言葉が思い出される。小箱の中身を見る限り、元々は水の精霊ウンディーネの腕輪だったのかもしれない。

「これを、赤ちゃんにつけてください!!」

「あ、ああっ！」

ダレルから渡された腕輪をアクアスティードは急いで二人につける。師匠から授《さず》かった大切な腕輪なのにいいのだろうかとか、そんなことを考えている余裕《よゆう》は誰にもなかった。

しかし、まだ安定しない。

これだけじゃ足りないのか、そう焦った瞬間――消えかかってた月と太陽の腕輪が、新しい腕輪にすっと溶《と》け込《こ》むようにして消えた。

すると、その途端《とたん》二人の赤ちゃんの魔力が落ち着いた。

「あ……よか、よかった……あぁっ」

ティアラローズはぽろぽろ涙を零《こぼ》し、生まれた赤ちゃんの無事を実感する。

「元気な顔を、見せてちょうだい――……」

しかし胸に抱く赤ちゃんを見て――息を呑《の》んだ。

そっと開いた瞳の色が、ティアラローズの記憶《きおく》にある色だったからだ。

キラキラ輝く、オッドアイの瞳。

宝石のような水色と金色は、ルカと、リオと、同じもので。

「まさか、こんな再会……ずるいわ」

泣かずにはいられない。

それはアクアスティードも同じだったようで、うっすら涙を浮かべている。

「第一王子は、シュティルカの名を。第二王子は、シュティリオの名を。月と太陽が祝福する、マリンフォレストの王子たちだ」

アクアスティードが赤ちゃんに命名し、室内は感動に包まれる。誰もが王子の誕生を喜び、魔力を抑えられたことに安堵した。

ダレルもほっとし、赤ちゃんの誕生を喜び、涙ぐんでいる。

赤ちゃん――シュティルカとシュティリオは、すやすやと眠っている。

「あの世界は……未来、だったのね」

それなら、自分たちに正体を教えられなかったことも頷ける。ルカとリオの二人は、ティアラローズたちの未来にいったい何が起こるか知っていたのだから。

ティアラローズはアクアスティードに寄りかかり、その表情を覗き込む。

「アクアは知っていたの？」

教えてくれたらよかったのにと、ティアラローズは少しだけ拗《す》ねる。けれど、アクアスティードは首を振る。

「なんとなく、そうかなと思っていただけだよ。私も絶対の確信があったわけじゃない」

「……そうだったんですね。でも、ルカとリオはわたくしたちのことを知っていて……自分たちに、この腕輪が必要だと知っていて、託してくれたんですね」

生まれる前からなんとできた息子《むすこ》たちだろうかと、ティアラローズは苦笑する。まさか、生まれたばかりの息子に助けてもらった回数の方が多いなんて。

これからは、ティアラローズたちが一生懸命《いっしょうけんめい》守らなければ。

「これからよろしくね、ルカ、リオ」

ティアラローズは二人の頬に、キスを贈った。

無事に生まれた王子たちを見るために、たくさんの人が押し寄せてきた。

「ああもう、しばらくはティアラローズ様と普段から面識のある方以外はお断りです!!」

面会の申し入れを仕分けているのは、フィリーネだ。

絶対に、ティアラローズの負担になるような人は室内にいれないぞと、目を光らせている。

この面会は一ヶ月後、こっちは二ヶ月後……と、ティアラローズの負担にならないようにスケジュールを組んでくれている。

「さすがに王子の誕生ともなると、すごいわね」

「しかも双子だからね」

「ええ」

ベッドでゆっくりお茶を飲みながら、隣に置かれた大きい花のゆりかごを見る。そこには、シュティルカとシュティリオが気持ちよさそうに眠っている。

そのすぐ近くでは、ルチアローズが生まれたばかりの弟たちを嬉しそうに見ている。どうやら姉弟《してい》の仲は良好そうだ。

「はぁ～王子様、とっても可愛い！　きっと、将来はアクア様似のイケメンですね！」

アカリがはしゃぎながら、にこにこ顔でシュティルカとシュティリオを見ている。

フィリーネにこの部屋への入室が許されたのは、それぞれの側近をはじめ、アカリ、ダレル、オリヴィア、ティアラローズの両親だ。

「ティアラローズ様とアクアスティード陛下の御子というだけでも、もう……ああ尊すぎてわたくしぃっ!!」

オリヴィアは前屈《まえかが》みになりながら、ハンカチで鼻を押さえる。シュティルカとシュティリオが尊すぎて、鼻血が……っ！

それを見たフィリーネが、「あああぁっ！」と声をあげる。

「オリヴィア様、生まれたばかりの王子たちがいるところでの鼻血はいけません！」

「ああっ、そうね、そうよね！　アカリ様、わたくしは一度戦線を離脱《りだつ》いたしますわ！　あとのことは任せます！」

「オリヴィア様～！　私、オリヴィア様のためにこの任務、必ず遂行《すいこう》してみせます!!」

鼻を押さえながら退場するオリヴィアと、その想いを託されたアカリ。いったいなんの任務を遂行するのだとティアラローズは苦笑した。

「とっても賑《にぎ》やかですね、ティアラお姉様」

「そうね。……こうして無事に生まれたのも、ダレルのおかげだわ。ありがとう」

「いいえ。ティアラお姉様が元気でよかったです」

ダレルは産後の体調も気にしてくれていたようだが、いたって良好だ。さすがに疲れはかなりあるが、食欲もあるし、気持ち悪さもない。

これも、日ごろからダレルのサポートがあったおかげだろう。ダレルはいろいろ勉強して、栄養面なども気にかけてくれたのだ。

「ダレル……。でも、お師匠様の腕輪だったのに」

そう――今回は、大切な腕輪をシュティルカとシュティリオにくれたのだ。何度お礼を言っても、足りないくらいだ。

しかしダレルは、首を振る。

「気にしないでください。師匠の小箱は、きっと二人の王子の誕生を待っていたんです。私も、それが嬉しいんです」

だから腕輪は、シュティルカとシュティリオのものなんですと、ダレルは微笑んだ。

それから少しだけ話していると、フィリーネから「一度お休みになっては？」と提案され、皆、退室していった。

フィリーネに淹《い》れてもらったルイボスティーを飲み、一息つく。

そしてふと、いつも騒《さわ》がしい……と言ったら怒《おこ》られてしまうかもしれないが、三人の妖精王がいないことに気付く。

「アクア、キースたちはいないのかしら」

飛んできそうなものなのに。

「ああ、三人は夜に来るって言ってたよ。さすがに双子の出産だって聞いて、すぐに行けばティアラが疲れると配慮してくれたんだろう」

「そうだったんですね」

なら、夜まで少しだけ眠っておいた方がいいだろう。

ティアラローズがティーカップをサイドテーブルに置くと、アクアスティードがすぐにタオルケットをかけてくれた。

「ずっと隣にいるから、ゆっくり休んで」

「はい」

ティアラローズが横になると、アクアスティードはうとうとしているルチアローズを抱いて、一緒にベッドへ寝かす。

「ルチアもお昼寝の時間ね」

「しっかり休んで、早く回復すること。おやすみ、ティアラ、ルチア」

アクアスティードはそう言って、ティアラローズとルチアローズの額にキスをした。


「二人に森の妖精王の祝福を！」

部屋を移ってすぐ、キースがシュティルカとシュティリオに祝福を贈ってくれた。ルチアローズのときとは違い、今度は一番乗りだ。

後ろでクレイルが苦笑しているところを見ると、順番を決めてきたのだろう。

「わらわとクレイルからも祝福を授けよう」

「そうだね」

パールとクレイルもシュティルカとシュティリオに祝福をしてくれた。

つまり双子は、三人の妖精王から祝福をもらってしまったことになる。

「魔力も強いのに、妖精王の祝福まで……」

確かにこれでは最強クラスになるのも頷けると、ティアラローズは苦笑する。きっと、二人はティアラローズたちが経験した空の異状と向き合い、そこで力を得るのだろう。

――そこに行きつくまでには、長い時間がかかる。

けれど、今のティアラローズとアクアスティードには、二人に星空の祝福を贈るだけの力がない。

おそらく、未来の二人を祝福した際の力が大きすぎたのだ。もう一度誰かに祝福ができるようになるまで、どれくらいかかるか予測もできない。

――過去のわたくしたちに、二人の未来を託すしかないのね。

思わぬ事故から起こったことだと思ったが、巡《めぐ》り巡っていろいろなところで繋がっているようだ。


クレイルが窓際《まどぎわ》に移動して、カーテンを開ける。

すっかり日は落ちて、夜になってしまった。空には満天の星がちりばめられ、まるでシュティルカとシュティリオの誕生を祝福しているかのようだ。

入ってくる夜風が、肌《はだ》に気持ちいい。

ベッドサイドに座っていたアクアスティードは、「どうしたんだ？」と夜空に視線を向けるクレイルに声をかけた。

キースは「月見か？」と笑い、パールは不思議そうにしている。

「この空を見たのは、三度目だ」

「……？」

クレイルの言葉に、ティアラローズは耳を傾《かたむ》ける。長い年月を生きる、空の妖精王クレイル。空と名のつく妖精なのだから、きっと幾千《いくせん》もの空をその目に映してきたのだろう。

クレイルは窓の縁に寄りかかり、こちらに体を向ける。

「アクアスティードが生まれた日と同じ、星空だ」

その言葉を聞いて、その意味を理解できた人はいただろうか。

ティアラローズはその意味を考えるため脳内で反芻《はんすう》し、キースは「あぁ……確かに同じだ」と何かを思い出した様子。パールは、「この空が……」と、初めて見たようだがその意味は知っていることを態度で示す。

「次の王は、双子か」

キースはそう言って笑った。

エピローグ　家族の時間

ティアラローズはすやすや眠《ねむ》るシュティルカとシュティリオの額を撫《な》でて、「それにしても……」と言葉を零《こぼ》す。

「三人の妖精王《ようせいおう》から祝福を得ているなんて……」

加えて、妖精たちからの祝福も受けている。ルチアローズはキースからの祝福がないが、双子《ふたご》の王子はキースも祝福を贈《おく》ってくれた。

ティアラローズの呟《つぶや》きに、アクアスティードは苦笑《くしょう》する。

「クレイルに聞いたよ。今回は、祝福する順番をじゃんけんで決めたらしい」

「じゃんけん……ですか」

妖精王ともあろう者が、いったい何をしているんだとティアラローズは頭を抱《かか》えたくなる。

しかしそういえば、ルチアローズが生まれたときに一番に祝福できなかったからと、拗《す》ねてそのまま祝福をしなかったのがキースだ。

　──なんともキースらしいわね。

　確かに祝福してもらえたら嬉《うれ》しくは思うけれど、絶対に祝福が必要だとは思っていない。

だって、ルチアローズはキースにとても愛されているから。

　そこに、祝福の有無《うむ》なんて関係はないのだ。

　ただ──キースはルチアローズが淑女《しゅくじょ》になったら祝福を贈ると言っていたので、今は
楽しみにそのときを待てばいい。


「あ～、がらんらっ」

『わわわっ、ルチアあぶなーい！』

『しっかり持って～！』

「あいっ」

　ルチアローズが、小さいころに使っていたおもちゃのガラガラを引っ張り出してきて、
シュティルカとシュティリオを妖精たちと一緒《いっしょ》にあやしてくれている。

　オリヴィアがプレゼントしてくれたもので、ルチアローズがたくさん遊んだガラガラだ。

「あ～」

「う〜」

シュティルカとシュティリオは楽しそうに、目でガラガラを追っている。水色と金色のオッドアイは、今日もパッチリしていて可愛《かわい》らしい。

「ルチアはもう、しっかりしたお姉ちゃんね」

「あい！」

ティアラローズがルチアローズの頭を撫でると、嬉しそうに力いっぱい頷《うなず》いた。双子の弟が可愛くて仕方ないようだ。

「でも、そろそろお昼寝《ひるね》の時間だわ。ルチアも一緒に、ルカとリオと寝《ね》ましょう？　妖精たちも、どうかしら」

『一緒にお昼寝する〜！』

ティアラローズの提案に、妖精たちが元気いっぱい返事をする。すぐに花びらや葉っぱを用意して、それをブランケット代わりにしてすやすや眠りはじめた。

「はやい……っ！」

先に寝られてしまうとは思わなかったと苦笑しつつ、ティアラローズはルチアローズたちをあやして子守《こも》り歌をうたう。

「森の妖精が葉の布団《ふとん》をかけ、海の妖精は珊瑚《さんご》の楽器で子守りの音色を、空の妖精は安心できる夜の時間の訪《おとず》れを〜♪」

ルチアローズはこの子守り歌が大好きで、聴《き》くとすぐに眠ってしまう。すやすやと可愛い寝息《ねいき》が、ティアラローズの耳に届いた。

そのままティアラローズも横になると、目を閉じて一緒にお昼寝をした。

「ティアラ、やっと仕事が一段落――っと、寝ているのか」

仕事の合間に戻《もど》ってきたアクアスティードは子どもたちとお昼寝をするティアラローズを見て、頬《ほお》が緩《ゆる》む。

ずれてしまっているブランケットをかけ直して、アクアスティードはベッドサイドへ腰《こし》かける。

「ルチアのときも大変だったが、双子だからその倍か……」

侍女《じじょ》かメイドを増やすことも検討《けんとう》した方がいいだろうかと、アクアスティードは考える。でなければ仕事も増えて、フィリーネもゆっくりすることができないだろう。

そのうちエリオットから妻とゆっくりできないと苦情が来そうだ。

――まあ、それは夜にでも相談したらいいか。

「ん、んぅ……？」

アクアスティードがそのままベッドへ寝転《ねころ》ぶと、ティアラローズが目を覚ました。

「ああ、ごめん。起こしてしまったね」

「アクア……？」

寝ぼけ眼《まなこ》のティアラローズに、アクアスティードは「休憩《きゅうけい》」と言って微笑《ほほえ》む。

「お疲《つか》れ様《さま》です。今、紅茶を淹《い》れますね」

ティアラローズが目を擦《こす》りながら起き上がるのを見て、アクアスティードは咄嗟《とっさ》にその体を自分の方へ引き寄せる。

「あ……っ」

「お茶は必要ないから、私も一緒にのんびりさせて」

「……っ、はい」

ティアラローズからイエスの返事を引き出すことができた。アクアスティードはティアラローズを抱《だ》きしめて、優《やさ》しくキスをする。

「ん、もう……ルチアたちが起きてしまいますよ？」

隣《となり》では、三人が気持ちよさそうに寝ているのだ。うっかり起こしてしまったら、きっと泣いてしまうだろう。

「そうだったね、ごめん」

「えっと……その、わたくしたちは……ソファに行きませんか？」

「――！」

ティアラローズからの誘《さそ》いの言葉に、アクアスティードは驚《おどろ》く。見ると、顔を赤くしながら照れた表情を浮《う》かべている。

——ああもう、可愛すぎて困るな。

アクアスティードはすぐにティアラローズを抱き上げて、ソファへ場所を移動した。そして休憩中は、ずっとティアラローズを膝《ひざ》にのせて堪能《たんのう》させてもらおうと決める。

ティアラローズのこめかみにキスをして、愛《いと》しい妻の香りを堪能する。いつだって優しく甘い匂《にお》いで、癒《いや》される。

「ティアラ……今も、これから先の未来も、ずっと愛してる」

「——っ、わ、わたくしもです。アクア」

これからの未来を楽しみに、甘い甘いキスを交《か》わした。

あとがき

こんにちは、ぷにです。『悪役令嬢《れいじょう》は隣国《りんごく》の王太子に溺愛《できあい》される12』、お手に取っていただきありがとうございます！　毎度巻数を増すごとに嬉《うれ》しさで感動しております。

コミカライズの八巻（漫画《まんが》：ほしな先生／B's-LOG COMICS）も七月一日に発売しましたので、ぜひ一緒《いっしょ》にお楽しみください。

今回は一気に家族が増えたのですが、前々から温めていた二人なので出すことができてとても嬉しいです。

編集のO様。お風呂《ふろ》のシーンはボリュームアップでと言われて、もっと書いていいんだと思いました（笑）。いろいろご相談できて嬉しかったです。ありがとうございます！

成瀬《なるせ》あけの先生。表紙の構図や配色が好きで、毎回楽しみです。ありがとうございます！

本書の制作に関わってくださった方、お読みいただいた読者の方、すべての方に感謝を。

それではまた、次巻でお会いできますと嬉しいです。

ぷにちゃん

番外編

夏のバカンス

ざざーっという波の音を聞きながら、ティアラローズはプライベートビーチでビーチチェアに寝転《ねころ》がっている。

ワンピースタイプの水着はチェック柄《がら》で、いまだに若く見えるティアラローズによく似合う。

サイドテーブルにはフルーツソーダが置かれていて、まさに贅沢《ぜいたく》の極《きわ》みだろう。

さらにすぐ横には、大好きな旦那《だんな》様もいる。

そんな夏を満喫《まんきつ》しているティアラローズだが、心配事がある。

「ねえ、アクア……。ルカとリオ、本当に大丈夫《だいじょうぶ》かしら？　わたくしたちの旅行、もう少し早く切り上げた方がいいんじゃないかしら」

寝転《ねころ》んでいたビーチチェアから体を起こして、ティアラローズは隣《となり》で寝転んでいるアクアスティードを見る。

「まあ、確かに心配ではあるけど……今は国も落ち着いているし、大丈夫だよ。ああ見えて、ルカは政務が得意なんだ。リオは戦闘《せんとう》ばっかりだけど」

アクアスティードは二人の息子《むすこ》のことを思《おも》い浮《う》かべて、得意分野を述べる。

双子《ふたご》なので性格や得手不得手が似通るかと思ったが、そこはバランスよく役割分担をしているようだ。

「そう……そうよね。母親のわたくしが信頼《しんらい》してあげないと、いけないわね」

国に残してきた息子二人を思い浮かべ、ティアラローズは微笑《ほほえ》む。きっと、自分たちが帰ったときはもっとたくましくなっているだろう。

シュティルカとシュティリオも、もう十九歳だ。

——わたくしたちが十九歳のときって、何をしていたかしら。

思い返してみると、フェレスやリリアージュに会ったり、サンドローズとの関わりを持ち始めていたころだ。

……自分たちも、なかなかハードな時間を過ごしていたのだったとティアラローズは遠い目をした。

アクアスティードがおもむろにビーチチェアから立ち上がって、ティアラローズに手をさしのべてきた。

「少しだけ泳ごうか。綺麗《きれい》な魚がいるみたいだよ」

「はいっ！」

嬉《うれ》しい誘《さそ》いに、ティアラローズは頷《うなず》いて立ち上がる。

「暑いから、これもね」

そう言って、アクアスティードが麦《むぎ》わら帽子《ぼうし》を被《かぶ》せてくれる。陽《ひ》ざしが強かったので、ありがたい。

見ると、アクアスティードも同じものを被っているので……お揃《そろ》いだ。

「さ、行こうか」

「泳ぐのなんて、久しぶりです」

ティアラローズとアクアスティードは、仲良く手を繫《つな》ぎながら砂浜《すなはま》を歩く。


——ここは、マリンフォレストから三つほど離《はな》れた国のリゾートだ。

シュティルカとシュティリオに主な政務を任せ、ティアラローズたちは旅行にやってきている。

ほかに、フィリーネとエリオット夫婦《ふうふ》と、パールとクレイルも一緒《いっしょ》に来ている、本当はオリヴィアも誘いたかったけれど、残念ながら忙《いそが》しくてくることができなかった。

息子に仕事を押し付けているようで申し訳ないが、羽を伸《の》ばさせてもらうことにした。

海にちょんとサンダルの先をつけると、夏の暑さの心地《ここち》よい水温を感じる。

「冷たすぎなくて、ちょうどいいですね」

「そうだね」

ティアラローズがほっとしている間に、アクアスティードはどんどん進んでいく。泳ぐと言った通り、浅瀬《あさせ》ではなくもう少し沖へ行くようだ。

「わわっ」

足がつかなくなると、ティアラローズはアクアスティードの腕《うで》にぎゅっと掴《つか》まる。別に泳げないというわけではないのだが、ちょっとだけ不安になるのだ。

——浮《う》き輪《わ》があったらよかったかしら。

「大丈夫？　ちゃんと掴まってて」

「……はいっ」

ああ、でもそうするとアクアスティードに掴まる口実がなくなってしまったかもしれない、なんてティアラローズは考えてしまう。

掴まることに、口実なんていらないのに。

——って、わたくしったら何を考えてるの！

ぶんぶん頭を振《ふ》り、ティアラローズは邪念《じゃねん》を払《はら》う。

「――あ、天使クマノミだ」

「え、天使？」

ふいに告げられたアクアスティードの言葉は、ティアラローズの知らない魚の名前だった。いや、正確には『クマノミ』の部分だけは知っている。オレンジと白の縞々《しましま》模様の、可愛《かわい》らしい小さな魚だ。

ティアラローズがアクアスティードの指さす先を見ると、海面から羽が生えたクマノミが飛び出してきた。

そのまま飛ぶように、沖へ進んでいく。

「わぁ……初めて見ました。本当に天使みたいですね」

「珍《めずら》しい魚だから、見られたのは幸運だね」

天使クマノミはめったに見ることができず、捕獲《ほかく》すると羽の部分が落ちてただのクマノミになってしまう変わった魚だ。

泳いでいると、ほかにもたくさんの種類の魚を見ることができた。

「楽しいですね、海」

ティアラローズは嬉しそうに微笑み、「また来たいですね」と水平線に目をやる。いつの間にか、太陽が沈《しず》もうとしているところだった。

時間が経《た》つのが、とても早い。

「ルカとリオも頼《たよ》りになるし、きっといつでもこられるようになるよ。それこそ、王位を譲《ゆず》ったら世界一周旅行をするのもいい」

「世界を……」

そんなスケールの大きい話をされるとは思わず、ティアラローズは驚《おどろ》く。しかし確かに、国王の座を譲ったらそんなこともあるのかもしれない。

――まだまだ先の話だろうけれど、今から楽しみだ。

「あ、太陽が沈みますね」

「うん」

オレンジの光が、水面を照らす。

その様子を見て、ティアラローズは眩《まぶ》しさで目を細めた。

「ティアラ」

「アクア――ん」

こっちだよと言うように、アクアスティードは優《やさ》しくティアラローズを引きよせて、その唇《くちびる》に口づけた。

いつも甘いキスだけど、今日ばかりはしょっぱい味がした。

■ご意見、ご感想をお寄せください。
《ファンレターの宛先》
〒102-8177 東京都千代田区富士見2-13-3
株式会社KADOKAWA ビーズログ文庫編集部
ぷにちゃん 先生・成瀬あけの 先生

●お問い合わせ
https://www.kadokawa.co.jp/（「お問い合わせ」へお進みください）
※内容によっては、お答えできない場合があります。
※サポートは日本国内のみとさせていただきます。
※Japanese text only

ビーズログ文庫

悪《あく》役《やく》令《れい》嬢《じょう》は隣《りん》国《ごく》の王《おう》太《たい》子《し》に溺《でき》愛《あい》される 12

ぷにちゃん

2021年7月15日 初版発行

発行者 青柳昌行
発行 株式会社 KADOKAWA
〒102-8177 東京都千代田区富士見2-13-3
（ナビダイヤル）0570-002-301
デザイン 島田絵里子
印刷所 凸版印刷株式会社
製本所 凸版印刷株式会社

ISBN978-4-04-736695-4 C0193

定価はカバーに表示してあります。

◇◇◇

「悪役令嬢は隣国の王太子に溺愛される」をイメージした実写ショートムービー制作！

今回は現代の**アクアスティード様**をイメージして

黒羽麻璃央さん

人気沸騰中の

が出演してくださいました！

とてもかっこよく演じてくださった黒羽さんへ特別インタビュー♪

—ショートムービーに出演されてみていかがでしたか？

物語のヒーロー、アクアのセリフを話しているんですが、日常ではなかなか言わないような**甘いセリフ**に照れてしまいました（笑）。

撮影後の映像チェックもちょっと照れくさかったんですが、**爽やかな映像**に仕上がり嬉しかったです。

画面の向こうにいるみなさんに向けた視点で撮影しているので、主人公の**ティアラローズになった気分**でご覧ください！

あと、臨場感がある音声も楽しんでほしいな。見ていただくときは**ヘッドホン推奨**です！

—作品への応援コメント

キャラクター、ストーリーともに**二次元らしいかっこよさ**が詰まっていて、夢中になって読んでしまいました！ティアラローズのような悪役だって、裏で苦労していたり、実は気にしいな性格だったり、見えないところにさまざまなストーリーがあるんですね。

漫画作品や乙女ゲームはそういった裏側を想像してみたら何倍もおもしろくなりそうだなと、**二次元の新たな楽しみ方**も教えてもらいました。

これから"ティアラ"たちはどうなっていくのか、展開が楽しみです！

ティアラになった気持ちでご覧ください
まりお

© 中野敬久／ロッキング・オン

黒羽麻璃央／Kuroba Mario
93年7月6日、宮城県生まれ。第23回ジュノン・スーパーボーイ・コンテスト準グランプリを受賞し、2012年にミュージカル『テニスの王子様』で俳優デビュー。以降、ミュージカル・ストレートプレイ問わず舞台に多数出演。近年は、映画・ドラマやバラエティ番組など活躍の場を広げており、自身の出身地宮城県の「みやぎ絆大使」として地元PRにも努めている。

超ドキドキ…

気になる実写ショートムービーは下記アドレスかQRコードから見れます！
https://kdq.jp/ard-sm

動画は2021年7月1日～2021年9月30日までの期間限定公開となります。ご注意ください。

ビーズログ文庫
悪役令嬢は
推しが尊すぎて
今日も幸せ
「悪役令嬢は隣国の王太子に溺愛される」
スピンオフ登場!!
ぷにちゃん
イラスト／すがはら竜《りゅう》　キャラクター原案／成瀬《なるせ》あけの
乙女ゲームの悪役令嬢に転生した公爵令嬢オリヴィア。でも気にしない。
だってこの世界全てが私の「推し」だから！　攻略対象に会うたび興奮で
鼻血が止まらないけど、忠実な執事レヴィと協力してお役目全うします！